फ्लैट नं.
714
में रहस्यमयी मौत
और अन्य थ्रिलर कहानियाँ

फ्लैट नं. 714 में रहस्यमयी मौत

और अन्य थ्रिलर कहानियाँ

स्वाति गौतम

प्रभात पेपरबैक्स

www.prabhatbooks.com

प्रकाशक

प्रभात पेपरबैक्स

प्रभात प्रकाशन प्रा. लि. का उपक्रम

4/19 आसफ अली रोड, नई दिल्ली–110002

फोन : 23289777 • हेल्पलाइन नं. : 7827007777

इ–मेल : prabhatbooks@gmail.com ❖ वेब ठिकाना : www.prabhatbooks.com

संस्करण

प्रथम, 2022

मूल्य

तीन सौ रुपए

मुद्रक

आर–टेक ऑफसेट प्रिंटर्स, दिल्ली

———— ★ ————

FLAT NO. 714 MEIN RAHASYAMAYI MAUT
AUR ANYA THRILLER KAHANIYAN
stories by Smt. Swati Gautam

Published by **PRABHAT PAPERBACKS**
An imprint of Prabhat Prakashan Pvt. Ltd.
4/19 Asaf Ali Road, New Delhi-110002

ISBN 978-93-5521-253-5

₹ 300.00

अनुक्रम

रात अकेली है

"पुराने गानों का सिलसिला जारी रहेगा। आप बने रहिए मेरे साथ। मैं हूँ वर्षा।" गाड़ी में एफ.एम. चल रहा है। पुराने गाने अक्षय के रोज के सफर के साथी हैं, 'चल कहीं दूर निकल जाएँ…' यह गाना आते ही अक्षय एक अलग ही दुनिया में पहुँच जाता है। यह कभी उसका मनपसंद गाना हुआ करता था, आज भी है। एक चीज के साथ दूसरी चीज इस तरह जुड़ जाती है कि अगर एक चीज सामने आए तो दूसरी खुद-ब-खुद अपने आपको प्रदर्शित करने लगती है। उसे दृष्टि के साथ बैठकर यह गाना सुनना कितना पसंद था। वह इस गाने को कितनी शिद्दत के साथ गाता था और वह हँसती—"कहाँ दूर निकलना चाहते हो?"

"तुम्हारे साथ कहीं भी…"

"तो यहाँ क्यों नहीं! दूर निकलने की क्या जरूरत है! पुराने गाने सुनते-सुनते तुम भी पुराने हो गए हो।"

मैं पहले से पुराना ही था, तभी तो अपने रिश्ते में कोई नयापन नहीं रख सका। दृष्टि छोड़कर चली गई। सुना है कि बेटी हुई है। एक ही इनसान हमारे लिए हर वक्त इतना ही जरूरी नहीं रहता। वक्त के साथ-साथ इनसान की जरूरत भी बदल जाती है। गाड़ी के शीशे पर साईं बाबा

की हैंगिग लगी है, जो स्पीड ब्रेकर के साथ और तेजी से हिलने लगती है। सामने हनुमानजी की छोटी सी मूर्ति है। बराबर वाली सीट पर पानी की एक बोतल और पीछे लंच बॉक्स खाली पड़ा है। ऑफिस जाते हुए हाथ में लटका खाने का डब्बा आते-जाते हर इनसान को यह एहसास दिला देता है कि उसका ध्यान रखनेवाला भी कोई है। अक्षय की शादी को भी कुछ ही महीने हुए हैं। शालिनी एक अच्छी लड़की है या यों कहें कि एक अच्छी पत्नी, वरना नाइट शिफ्ट में खाने की क्या जरूरत है! लेकिन वह कुछ-न-कुछ हमेशा पैक कर देती है। ऑफिस से घर का रास्ता ज्यादा दूर नहीं है। एवरेज स्पीड से गाड़ी चलाएँ तो भी पैंतालीस मिनट में घर पहुँचा जा सकता है। आज उसे इस बात की राहत है कि वह जल्दी पहुँचकर थोड़ा सो सकता है, वरना चार दिन से तो हमेशा ऑफिस टाइम के बाद ही निकल पाता है। वैसे, इस समय सड़क पर कभी भीड़ नहीं होती। सड़कें खाली होती हैं, जैसे बाँहें पसारे सिर्फ अक्षय का इंतजार कर रही हों। लेकिन दिन का मंजर अलग होता है, जैसे कहती हों कि तुम घर से क्यों निकलते हो? इतना ट्रैफिक! लेकिन आज सड़क कुछ ज्यादा खाली लगती है। सड़क के आसपास के पेड़ कुछ ज्यादा गहरे लगते हैं। सड़क पर लगे बिजली के खंभे भी आज कुछ ज्यादा दूर दिखाई देते हैं। तभी अक्षय की नजर एक साइन बोर्ड पर पड़ी—'रसल मोड़' स्टेयरिंग पर अक्षय का हाथ रुक गया और गाड़ी ने

अक्षय की शादी को भी कुछ ही महीने हुए हैं। शालिनी एक अच्छी लड़की है या यों कहें कि एक अच्छी पत्नी, वरना नाइट शिफ्ट में खाने की क्या जरूरत है! लेकिन वह कुछ-न-कुछ हमेशा पैक कर देती है। ऑफिस से घर का रास्ता ज्यादा दूर नहीं है। एवरेज स्पीड से गाड़ी चलाएँ तो भी पैंतालीस मिनट में घर पहुँचा जा सकता है।

एक जोर का झटका दिया। तभी अक्षय ने गाड़ी को सामनेवाले पेड़ से टकराते–टकराते बचाया। जितना अक्षय डरा हुआ है, वैसा कुछ उसके साथ हुआ नहीं है, लेकिन वह साइन बोर्ड देखकर इतना डर गया, जैसे भूत उसके सामने खड़ा हो। आधे से ज्यादा सड़क वह पार कर चुका है। अक्षय ने अपनी गाड़ी को वापस घुमाया। लेकिन गाड़ी से अजीब सी आवाज निकल रही है। शायद बैटरी डाउन है। वह स्टार्ट करता है, पर गाड़ी घर्र–घर्र कर दोबारा बंद हो जाती है। अक्षय की साँस फूल रही है। जितना सामान्य वह कुछ समय पहले लग रहा था, उतना ही बेचैन वह अब है।

उसे बचपन की वह घटना याद आई, जब वह पाँचवीं कक्षा में था। घर से दो गली छोड़कर वह पुरानी हवेली थी, जो हमेशा बंद रहती; और उसके सामने से निकलते हुए अक्षय का मन हमेशा करता कि उसे अंदर जाकर देख लेना चाहिए कि भूत कैसे होते हैं! कहते हैं कि वहाँ रहनेवाले सारे परिवार ने एक साथ आत्महत्या कर ली थी।

उसे बचपन की वह घटना याद आई, जब वह पाँचवीं कक्षा में था। घर से दो गली छोड़कर वह पुरानी हवेली थी, जो हमेशा बंद रहती; और उसके सामने से निकलते हुए अक्षय का मन हमेशा करता कि उसे अंदर जाकर देख लेना चाहिए कि भूत कैसे होते हैं! कहते हैं कि वहाँ रहनेवाले सारे परिवार ने एक साथ आत्महत्या कर ली थी। उसके बाद वे उसी घर में घूमते थे। क्या ऐसा हो सकता है ? जो भी हो, अक्षय जाकर उनको देखना चाहता था, मिलना चाहता था। मरने के बाद लोग कैसे हो जाते हैं कि सबको उनसे डर लगता है ? और उससे भी ज्यादा जरूरी उसके लिए जो सवाल था, वह यह कि मरने के बाद लोग कहाँ जाते हैं ? क्योंकि सब तो भूत नहीं बनते न! दादी कहती थीं कि जिनकी इच्छा पूरी नहीं

होती, वही भूत बनते हैं। बचपन में वह इस बात को सच समझता था, जब दादी यह कहती थीं कि जो बच्चे दूध नहीं पीते, उन्हें भूत अपने साथ ले जाता है। जिस दिन उसने दूध नहीं पिया, मम्मी और दादी से छुपकर नाली में डाल दिया। उस रात वह कभी नहीं सो पाया, क्योंकि वह मम्मी और दादी से तो छुपा सकता था, लेकिन भूत! उसे तो सबकुछ पता होता है। वह तो कहीं भी आ-जा सकता है। वह तो आपको देख सकता है, चाहे आप उसे देख रहे हों या न देख रहे हों। पता नहीं जाने कहाँ से, पर उसे ये सारी बातें पता थीं; क्योंकि अक्षय के साथ पढ़नेवाला राकेश उससे दो साल बड़ा था और उसने अक्षय को बता दिया था कि भूतों से उसकी दोस्ती है।

अक्षय की साँस फूल रही है। गाड़ी में ए.सी. चलने के बाद भी उसे पसीने आ रहे हैं। इस बार दोबारा उसने गाड़ी स्टार्ट की। एक झटका और वह चलने लगी। इतने डर के बीच उसने एक राहत की साँस ली। पक्के तौर पर तो नहीं कह सकता, पर वापस मेन रोड पर जाने में उसे बीस मिनट लगेंगे।

अक्षय की साँस फूल रही है। गाड़ी में ए.सी. चलने के बाद भी उसे पसीने आ रहे हैं। इस बार दोबारा उसने गाड़ी स्टार्ट की। एक झटका और वह चलने लगी। इतने डर के बीच उसने एक राहत की साँस ली। पक्के तौर पर तो नहीं कह सकता, पर वापस मेन रोड पर जाने में उसे बीस मिनट लगेंगे। उसे यह कैसे ध्यान नहीं रहा कि उसे अपनी गाड़ी इस मोड़ पर नहीं, आगेवाले मोड़ पर मोड़नी थी। माना कि दोनों का रास्ता एक जैसा दिखता है, लेकिन वह भूल कैसे सकता है? हर रोज तो वह उसी रास्ते से जाता है। अक्षय ने अपने मन-ही-मन में एक प्रतिज्ञा ली कि गाड़ी चलाते हुए वह कुछ नहीं सोचेगा—कोई भी इधर-उधर की बात नहीं, सिर्फ रास्ते पर ध्यान देगा। वह इतनी बड़ी गलती कैसे कर सकता है?

क्या वह जानता नहीं है इस सुनसान सड़क और रसल मोड़ का सच? आज तक कभी कोई यहाँ से बचकर गया है? हर रोज कोई-न-कोई इस सड़क पर मर जाता है। पूरे शहर में इसके किस्से मशहूर हैं कि इस मोड़ पर जो आत्मा रहती है, वह हर गाड़ी को यहाँ जाने से पहले रोकती है और न रुकने पर या रोक लेने पर वह कभी किसी को यहाँ से बाहर नहीं जाने देती। सुना है कि किसी ऐसे ही एक्सीडेंट में उसकी भी मौत हो गई थी। तब से वह बस, यहीं भटक रही है।

गाड़ी वापस लौट रही है। जो अँधेरा कुछ समय पहले उसे रोड पर दिखाई दिया था, वह और भी गहराता हुआ दिखता है। हर झाड़ी से उसे लगता है कि कोई बाहर निकल रहा है। अक्षय के हाथ पसीने से लथपथ हैं। वह जल्दी-से-जल्दी मेन रोड तक पहुँचना चाहता है; पर लगता है कि कितनी भी तेज गाड़ी चलाने पर दूरी घटती ही नहीं।

गाड़ी वापस लौट रही है। जो अँधेरा कुछ समय पहले उसे रोड पर दिखाई दिया था, वह और भी गहराता हुआ दिखता है। हर झाड़ी से उसे लगता है कि कोई बाहर निकल रहा है। अक्षय के हाथ पसीने से लथपथ हैं। वह जल्दी-से-जल्दी मेन रोड तक पहुँचना चाहता है; पर लगता है कि कितनी भी तेज गाड़ी चलाने पर दूरी घटती ही नहीं। उसकी आँखें गाड़ी में दिख रही दूरी पर टिकी हैं। बस, कुछ किलोमीटर और फिर वह यह सड़क पार कर लेगा। आगे सड़क पर जैसे कोई धुआँ उठ रहा है। कुछ साफ नजर नहीं आता। वाइपर कुछ अजीब सी आवाजें निकाल रहा है। लगता है कि वह काँच साफ करने की बजाय उसे और धुँधला कर रहा है। तभी उसे लगा, जैसे सड़क के बीचोबीच कोई खड़ा है। सफेद सलवार-कमीज थोड़ी गंदी दिखती है। बाल किसी भूतनी की तरह आगे नहीं फैले हैं। वह दोनों हाथों से गाड़ी को रोकने का इशारा कर

रही है। अक्षय अपनी गाड़ी नहीं रोकना चाहता।

लड़की के पास आते-आते उसकी आवाज और तेज सुनाई देती है, "प्लीज रोको, प्लीज हेल्प, प्लीज रोको!"

जब वह हाथों से इशारा कर रही है, अक्षय सोच रहा है कि यहाँ लड़की कहाँ से आई? यह तो एकदम सुनसान रास्ता है। मैं जानता हूँ, यह वही है। यह कोई लड़की नहीं, वही भूत है, जो आज तक न जाने कितने लोगों को मार चुकी है। दो महीने हुए, यह सिलसिला रुक ही नहीं रहा। हर रोज किसी-न-किसी की मौत ने इस सड़क को खूनी बना दिया है। अब तो पुलिसवाले भी यहाँ आने से डरने लगे हैं। सामने से हटकर लड़की अचानक गाड़ी के दरवाजे पर आकर खड़ी हो गई। वह दौड़ती हुई गाड़ी की खिड़कियाँ बजा रही है, "प्लीज खोलो!"

जब वह हाथों से इशारा कर रही है, अक्षय सोच रहा है कि यहाँ लड़की कहाँ से आई? यह तो एकदम सुनसान रास्ता है। मैं जानता हूँ, यह वही है। यह कोई लड़की नहीं, वही भूत है, जो आज तक न जाने कितने लोगों को मार चुकी है। दो महीने हुए, यह सिलसिला रुक ही नहीं रहा।

वे सारे सवाल, जिनके जवाब उसे बचपन में पता थे, क्योंकि बिना किसी सवाल-जवाब के उसने उन बातों को सच मान लिया था, जो उसके मन में उठ रहे हैं। पर आज अक्षय का मन तर्क-वितर्क कर रहा है।

चलती हुई गाड़ी अचानक बंद हो गई। बार-बार अक्षय गाड़ी को चलाने की कोशिश करता है, पर गाड़ी चल ही नहीं रही। "प्लीज, मुझे बाहर तक छोड़ देंगे! मेरी गाड़ी खराब हो गई है। और यहाँ कोई भी नहीं दिख रहा। बहुत देर से इंतजार कर रही हूँ। प्लीज!" पसीने से लथपथ

डरते हुए अक्षय ने अपनी गाड़ी का शीशा नीचे किया। अक्षय को महसूस हुआ कि वह बिल्कुल किसी आम लड़की की तरह दिखती है। हाँ, उसके गालों पर थोड़ी ग्रीस लगी है और थोड़ी ग्रीस उसके कपड़ों पर।

"प्लीज, मैं किसी मेकैनिक को बुला लूँगी। बाहर तक लिफ्ट दे दीजिए।" ठीक-ठाक नैन-नक्श। इतनी गोरी नहीं दिखती और काली भी नहीं है। उसके लंबे बाल खुले हैं, जो काले, किसी साँप जैसे दिखते हैं। आँखें बड़ी और गहरी हैं। होंठ पतले, किसी लिपस्टिक का इतिहास दोहरा रहे हैं; लेकिन वह कहीं नजर नहीं आ रही। उसके माथे पर बीचोबीच बिंदी लगी थी, जो सरककर उसकी दाईं आँख के ऊपर आ चुकी है और दोनों हाथ ग्रीस से गंदे हो गए हैं। अक्षय की धड़कनें धीरे-धीरे सामान्य हो रही हैं। वह उसके चेहरे को गौर से देखते हुए यह पता लगा लेना चाहता है कि उसके अंदर भूतनी होने का कहीं कोई निशान तो नहीं दिखता!

"प्लीज, मैं किसी मेकैनिक को बुला लूँगी। बाहर तक लिफ्ट दे दीजिए।" ठीक-ठाक नैन-नक्श। इतनी गोरी नहीं दिखती और काली भी नहीं है। उसके लंबे बाल खुले हैं, जो काले, किसी साँप जैसे दिखते हैं। आँखें बड़ी और गहरी हैं। होंठ पतले, किसी लिपस्टिक का इतिहास दोहरा रहे हैं; लेकिन वह कहीं नजर नहीं आ रही।

"प्लीज, आप हेल्प कर देंगे क्या?" इस शब्द ने अक्षय को एहसास कराया कि वह काफी देर से बाहर खड़ी है।

अक्षय ने कहा, "पता नहीं, मेरी गाड़ी में क्या हुआ है! चल ही नहीं रही। शायद बैटरी डाउन हो गई है!" कहते हुए अक्षय ने दरवाजा खोल दिया।

"बैटरी डाउन होने पर भी एक-दो बार में गाड़ी चल जाती है। एक

बार दोबारा कोशिश कीजिए।" कहते हुए वह बिना देर किए पीछेवाली सीट पर बैठ गई। अक्षय ने शीशे को थोड़ा टेढ़ा किया और दिखाया, जैसे कि वह शीशे को साफ कर रहा है; लेकिन उसने शीशा नीचे लड़की के पैरों की तरफ मोड़ दिया। उसने सुना था कि भूतों के पैर पीछे की ओर होते हैं, पर उसके पैर सामान्य दिखते हैं।

"पानी, आपके पास पानी है ?" उसने दोनों सीटों पर हाथ रख, बीच से अपना मुँह निकालकर अक्षय के कान के पास आकर पूछा।

"पानी, आपके पास पानी है ?" उसने दोनों सीटों पर हाथ रख, बीच से अपना मुँह निकालकर अक्षय के कान के पास आकर पूछा। एक कँपकँपी उसके पूरे शरीर में दौड़ गई। वह अंदर से लेकर बाहर तक बुरी तरह से डर गया। "हाँ, हाँ...हाँ..." अक्षय ने अपने सामने रखी बोतल ली और लड़की के हाथों में थमा दी।

एक कँपकँपी उसके पूरे शरीर में दौड़ गई। वह अंदर से लेकर बाहर तक बुरी तरह से डर गया। "हाँ, हाँ...हाँ..." अक्षय ने अपने सामने रखी बोतल ली और लड़की के हाथों में थमा दी।

उसे लगा, बेवजह ही वह डर रहा था। जब कोई डरता है तो एक से भले दो होते हैं। अच्छा ही हुआ कि वह मिल गई। कम-से-कम बीस मिनट का सफर साथ में डरते हुए तो न कटेगा।

"आप यहाँ कैसे ? आपकी गाड़ी कहीं दिखाई नहीं दे रही ?"

"वहीं तो खड़ी थी। आपने नहीं देखा ?" वह मुसकराई।

"हाँ, शायद मेरा ध्यान नहीं गया।"

"आप डरे हुए लगते हैं ?"

"नहीं-नहीं, वह तो इस सड़क के बारे में बहुत कुछ सुन रखा है,

इसलिए थोड़ा···मैं इस सड़क से नहीं आता। आज ही आया हूँ।"

"हर काम कभी-न-कभी तो पहली बार किया ही जाता है, अक्षय।"

अक्षय डर गया, "लेकिन आपको मेरा नाम कैसे पता?"

"आपके आई-कार्ड पर लिखा है।" वह हलकी सी मुसकराई।

अक्षय ने अब तक की सबसे गहरी साँस ली। "जी, जी, मैं भूल गया था।" अक्षय सोच रहा है कि वह बेकार ही डर रहा था। लड़की तो बहुत अच्छी और जरूरतमंद लगती है। अच्छा हुआ, जो उसने उसे बिठा लिया, वरना वह कहाँ जाती! क्या यही है सड़क का सच? लोग बेकार में डरते हैं और सड़क को बदनाम कर दिया। जबकि यही एक मेन सड़क है, जो दो शहरों को जोड़ती है। अब वह कभी इस सड़क पर आते हुए नहीं डरेगा। उसने पीछे मुड़कर देखा और वह लड़की उसको देखकर मुसकराई। उसने आगे देखा तो सामने सड़क के बीचोबीच एक ट्रक तेजी से आ रहा है, अक्षय ब्रेक लगाने की कोशिश कर रहा है। लेकिन गाड़ी दौड़ती जा रही है। अक्षय की साँसें और धड़कनें दोनों बढ़ रही हैं। ऐसा लगता है, जैसे ट्रक के पंख लगे हैं। ट्रक तेजी से बढ़ रहा है—उसके और पास। वह गाड़ी रोकना चाहता है, लेकिन अगले ही मिनट भड़ाम और गाड़ी पलट गई। अक्षय की आँखें बंद होती नजर आती हैं। वह पीछे देखता है, लेकिन उसे लड़की और ट्रक दोनों में से कोई नजर नहीं

अक्षय ने अब तक की सबसे गहरी साँस ली। "जी, जी, मैं भूल गया था।" अक्षय सोच रहा है कि वह बेकार ही डर रहा था। लड़की तो बहुत अच्छी और जरूरतमंद लगती है। अच्छा हुआ, जो उसने उसे बिठा लिया, वरना वह कहाँ जाती! क्या यही है सड़क का सच? लोग बेकार में डरते हैं और सड़क को बदनाम कर दिया।

आता। उसे याद आता है कि आज आई-कार्ड तो ऑफिस में ही छूट गया था। उसे बहुत तेज दर्द हो रहा है। उसके दोनों पैर टूट गए हैं। अक्षय के सामने साइन बोर्ड चमकने लगता है—'रसल मोड' और धीरे-धीरे उसकी साँसें व आँखें बंद हो जाती हैं।

□

तीसरी मौत का रहस्य

"एक होता है मरना और एक होता है मारना! क्या कहते हैं, भाई साहब?" संजय ने चाय का कप उठाते हुए अपनी बड़ी बुआ के बेटे कांता से पूछा।

"कहते तो सही हो, बात तो दोनों ही अलग हैं, लेकिन सबसे ज्यादा जरूरी है मर जाना। मारा हो या कोई मर गया, इससे क्या फर्क पड़ता है?" और हँसी की आवाज पूरे कमरे में गूँज गई। आज महेश की तीसरी शादी है और उसी के उपलक्ष्य में सारे रिश्तेदार जमा हुए हैं। महेश जहाँ दया का पात्र है तो कहीं-कहीं ईर्ष्या का कारण भी है। क्योंकि संजय जैसे लोग, जो जवानी में कितनी ही लड़कियों को घुमा चुके थे, आज एक ही औरत के पल्लू से बँधकर खुद को कैदी महसूस करते हैं। शरीफ तो महेश भी नहीं रहा है। संजय और महेश दोनों एक ही मोटर साइकिल पर घूमा करते थे और मोटर साइकिल भी कांता की। महीनों तक दोनों कांता के घर पड़े रहते, क्योंकि वहाँ एक तो टूटी हुई मोटर साइकिल थी और दूसरा गली के पीछे लड़कियों का कॉलेज। समय बँधा हुआ था। जितने समय कॉलेज खुलता, दोनों अपना समय मोटर साइकिल पर कॉलेज के सामने पेड़ के नीचे ही गुजार देते। एक बार तो कांता ने मकान मालिक की लड़की को भी छेड़ दिया था और उसको मकान छोड़ना पड़ा। मामला केवल छेड़ने तक सीमित नहीं था। लड़की गर्भवती थी,

पर उसको यह नहीं पता था कि बच्चा किसका है—संजय का या महेश का? कांता भी आशिक मिजाज रहा था; पर उसने कभी कोई ऐसे काम नहीं किए कि वह पकड़ा जाता। या यों कहें कि उसके सिर पर किसी बड़े भाई का हाथ नहीं था, जो अपनी मोटर साइकिल के साथ-साथ अपना कमरा भी अपने आवारा भाइयों के नाम कर दे। महेश और संजय की माँ अपने बच्चों के बिगड़ने का कारण कांता को ही मानती आई थीं। बहुत गहरी दोस्ती थी तीनों की। उससे भी बड़ी बात थी कि तीनों एक-दूसरे से कुछ नहीं छुपाते थे। वे दाँत काटी रोटी कहते हैं, न कि चोर-चोर मौसेरे भाई; बस, ऐसा ही हिसाब था तीनों का। लेकिन महेश की पत्नियों की लगातार होती मौत दोस्ती के बीच में दरार का काम कर रही है। जाने क्यों, संजय को रह-रहकर लगता है कि कोई रहस्य तो जरूर है, जो उन तक नहीं पहुँच रहा। वरना महेश अपनी पत्नियों की मृत्यु में फूट-फूटकर रोनेवालों में से नहीं है। संजय को याद है कि बलदेव की लड़की गीता, जो महेश के कदमों में यह कहते हुए गिर गई थी कि वह उसके बिना जिंदा नहीं रह सकती; लेकिन मजाल है, जो महेश पिघला हो। वह दाँतों को किसी तिनके से कुरेदता रहा था और फिर अचानक उसका ऐसा रूप!

महेश और संजय की माँ अपने बच्चों के बिगड़ने का कारण कांता को ही मानती आई थीं। बहुत गहरी दोस्ती थी तीनों की। उससे भी बड़ी बात थी कि तीनों एक-दूसरे से कुछ नहीं छुपाते थे।

"साला, इसे कौन पूछने वाला था! वह तो बाप की जायदाद है, जो शादी-पर-शादी किए जा रहा है।" कांता ने सुलगी हुई सिगरेट संजय को पकड़ाते हुए कहा।

"सही कहते हैं।" संजय ने बात पर अपनी हामी की मुहर लगा दी, जैसे हर साल महेश की शादी में नाचना उसकी ड्यूटी बन गया है।

महेश की तीसरी पत्नी विधवा है। शादी के एक महीने बाद ही उसने एक दुर्घटना में अपने पति को खो दिया। लोग कहते हैं कि उसने साहस और ताकत दोनों का परिचय दिया था। वह अपने पति को कंधे पर उठाए अस्पताल पहुँच गई थी। वह बुरी तरह से घायल थी, लेकिन उसे अपनी चिंता नहीं थी। लेकिन डॉक्टर फिर भी उसके पति को बचा न सके। आसपास के चार गाँवों में भी उसके जैसी साहसी औरत नहीं है। लिंग शक्ति और साहस का प्रतीक नहीं होता। वह सिर्फ हमारे मन पर निर्भर करता है। उसका नाम ही उसे परिभाषित करता है—शक्ति।

महेश की तीसरी पत्नी विधवा है। शादी के एक महीने बाद ही उसने एक दुर्घटना में अपने पति को खो दिया। लोग कहते हैं कि उसने साहस और ताकत दोनों का परिचय दिया था। वह अपने पति को कंधे पर उठाए अस्पताल पहुँच गई थी। वह बुरी तरह से घायल थी, लेकिन उसे अपनी चिंता नहीं थी।

जिस कमरे में शक्ति बैठी है, उसमें महेश की शादी की दो फोटो लटक रही हैं; पर दोनों अलग-अलग लड़कियों के साथ। दूसरा होना किसे पसंद है; लेकिन शक्ति तो दूसरी भी नहीं, तीसरी है। शक्ति ने अपनी नजरों को नीचे कर लिया और कुछ ऐसा ढूँढ़ने की कोशिश कर रही है, जो उसे खुशी दे सके। उसने मना किया था कि वह दूसरी शादी नहीं करेगी। पूरी जिंदगी पहले पति की यादों के सहारे ही काट देगी। पर माँ-बाप अपने जीते-जी अपने बच्चों को दुःखी नहीं देख सकते और जबरदस्ती शक्ति की शादी करवा दी। माँ ने तो मना करने पर एक थप्पड़ तक जड़ दिया था कि हमारे बाद तेरा क्या होगा? और शादी हो गई।

अँधेरा घिरने लगा है। बाहर का शोर आते-आते बिल्कुल शांत हो गया। शक्ति लगभग तीन घंटे से एक ही स्थिति में बैठी है। उसका कमरा दूसरी मंजिल पर है, जो अकेला ही छत पर खड़ा है। कमरे से लगा एक टूटा-फूटा गुसलखाना है, जिस पर परदे का दरवाजा है, जो कमरे के हलके से खुले दरवाजे से दिखाई दे रहा है। शक्ति सोच रही है कि माँ-बाबा तो कहते थे कि बड़े धनवान् हैं और गुसलखाने पर दरवाजे तक नहीं! सीढ़ियों पर आवाज आ रही है, जैसे कोई चढ़ रहा हो। आवाज आते-आते छत से होते हुए दरवाजे तक पहुँच गई। दरवाजे पर महेश शक्ति के सामने खड़ा था।

अँधेरा घिरने लगा है। बाहर का शोर आते-आते बिल्कुल शांत हो गया। शक्ति लगभग तीन घंटे से एक ही स्थिति में बैठी है। उसका कमरा दूसरी मंजिल पर है, जो अकेला ही छत पर खड़ा है। कमरे से लगा एक टूटा-फूटा गुसलखाना है, जिस पर परदे का दरवाजा है, जो कमरे के हलके से खुले दरवाजे से दिखाई दे रहा है।

अनुभव कभी खुद को नहीं दोहराता। तभी तो लोग पहले प्यार को जिंदगी भर भूल नहीं पाते। शक्ति की शादी महीने भर चली थी, लेकिन उसे वह सकुचाहट और लज्जा दूसरी शादी पर महसूस नहीं हो रही, जो उसे पहली बार हुई थी। महेश ने बिस्तर पर बैठकर शक्ति के गालों को छुआ। शक्ति मूर्ति-सी बैठी है। महेश की आँखों में आँखें डालकर देखते हुए उसने अपने शरीर में कोई कंपन महसूस नहीं किया। प्रेम-प्रदर्शन की जितनी भी विधाएँ बनी हैं, उन सब में स्पर्श सबसे ज्यादा पुराना है। तब का, जब इनसान ने बोलना तक नहीं सीखा था। उन दोनों को देखकर नहीं लगता कि स्पर्श में दोनों तरफ किसी प्रेम का भाव है। यह एक

समझौते जैसा है, जो शक्ति के ऊपर थोप दिया गया है। भले ही महेश के लिए यह आनंद का कारण है, लेकिन शक्ति इसमें आनंद भी महसूस नहीं करती। यही विवाह की वास्तविकता है कि समाज की आधी से ज्यादा शादियाँ शारीरिक समझौते पर टिकी हुई हैं।

महीने गुजर रहे हैं और हर गुजरते महीने के साथ शक्ति के शरीर पर हिंसा के निशान और उभरकर दिखाई देने लगे हैं। इतनी साहसी होकर वह क्यों सहती है? पिटना भी तो एक अच्छी पत्नी की निशानी है। सात महीने बाद एक मौका है, जब शक्ति को लगता है कि बच्चे के आ जाने पर महेश बहुत खुश होगा और उसे जीने का सहारा मिल जाएगा। बच्चे की बात करते ही महेश का गुस्सा सातवें आसमान पर था। वह चिल्लाने लगा, "तूने मुझे पहले क्यों नहीं बताया? हमें बच्चा नहीं चाहिए।"

महीने गुजर रहे हैं और हर गुजरते महीने के साथ शक्ति के शरीर पर हिंसा के निशान और उभरकर दिखाई देने लगे हैं। इतनी साहसी होकर वह क्यों सहती है? पिटना भी तो एक अच्छी पत्नी की निशानी है। सात महीने बाद एक मौका है, जब शक्ति को लगता है कि बच्चे के आ जाने पर महेश बहुत खुश होगा और उसे जीने का सहारा मिल जाएगा।

"पर माँ तो दिन-रात पोते के सपने देखती हैं।"

"वह देखती है तो उसे देखने दो। मैं तो नहीं देखता! मैं अपने गले में घंटी नहीं बाँधना चाहता।"

"बच्चे गले की घंटी नहीं होते। उनके आने से घर में रौनक हो जाती है।" शक्ति का इतना कहना था कि सामने रखे हुए मटके को उठाकर महेश ने जमीन पर दे मारा और वह घर से बाहर निकल गया।

शक्ति सोचती रही कि ऐसे भी लोग होते हैं, जिन्हें खुद का बच्चा ही नहीं चाहिए। रात को जब महेश लौटा तो नशे में धुत्त था; लेकिन वह मुसकरा रहा था। शक्ति को एक आस बँधी थी कि शायद वह राजी हो जाए। उसने कहा कि शक्ति, हम एक खेल खेलेंगे। अगर तुम जीती तो हम बच्चा करेंगे। शक्ति ने अपनी गरदन 'हाँ' में हिला दी। उसने शक्ति को एक कुरसी पर बैठने के लिए कहा। वह बिना प्रतिवाद के कुरसी पर बैठ गई। उसे नहीं पता था कि क्या होने वाला है। महेश ने अलमारी से एक रस्सी निकाली और उसके हाथों को कुरसी के हत्थे से बाँध दिया। उसने शक्ति के गाल पर हाथ रखकर उसे सहलाया और कहा, "डरो मत! डरनेवाली बात नहीं है। बस, एक खेल है। तुम जीती तो तुम्हारी बात मानी जाएगी और मैं जीता तो मेरी।" महेश थोड़ा-बहुत मारता-पीटता जरूर था, लेकिन शक्ति यह नहीं सोच सकती थी कि उससे अधिक वह उसे कोई और हानि पहुँचा सकता है। इसलिए बिना कुछ कहे ही उसने इस बात के लिए हामी भर दी थी।

रात को जब महेश लौटा तो नशे में धुत्त था; लेकिन वह मुसकरा रहा था। शक्ति को एक आस बँधी थी कि शायद वह राजी हो जाए। उसने कहा कि शक्ति, हम एक खेल खेलेंगे। अगर तुम जीती तो हम बच्चा करेंगे। शक्ति ने अपनी गरदन 'हाँ' में हिला दी। उसने शक्ति को एक कुरसी पर बैठने के लिए कहा।

दोनों हाथ बँध जाने के बाद महेश ने शक्ति को गुदगुदी करनी शुरू की। शक्ति जब जोर से हँसने लगी तो महेश ने उसके मुँह में कपड़ा ठूँस दिया। वह लगातार गुदगुदी किए जा रहा था और हँसने से शक्ति की साँस फूल रही थी। महेश ने रुककर कहा, "तुम्हें पता है, मैंने मारने का

एक नया तरीका ईजाद किया है। इसके दो फायदे हैं—पहला, मरनेवाले को कोई दर्द नहीं होता और दूसरा, किसी को पता नहीं चलता कि मौत कैसे हुई। पुलिस को भी नहीं। तेरा भी अब तेरी सौतनों के पास जाने का समय आ गया है। और सबसे खुशी की बात है कि लोग रोते हुए भगवान् के पास जाते हैं, लेकिन तू हँसते हुए जाएगी। अब तू हमेशा खुश रहना अपने होनेवाले बच्चे के साथ और मैं खुश रहूँगा अपनी नई बीवी के साथ।" इतना सुनना था कि शक्ति ने अपने दोनों पैर उठाए और महेश की छाती पर दे मारे। वह सिर के बल गिर पड़ा। इससे पहले कि वह सँभलता, उसने अपने दोनों पैरों की मदद से महेश की गरदन को जकड़ लिया।

महेश चिल्लाया, "बहन··· छोड़ मुझे, छोड़ मुझे। नहीं मारूँगा तुझे।" कहते हुए महेश ने शक्ति के मुँह से कपड़ा हटा दिया।

शक्ति ने चिल्लाकर कहा, "मेरे हाथ खोल।" महेश की गरदन शक्ति की कैद में थी। उसने बिना देर किए शक्ति के दोनों हाथ खोल दिए। खुलने के बाद शक्ति ने उसकी गरदन से पैर हटा, उसके दोनों हाथों को पकड़कर उसे खड़ा कर दिया। महेश ने मुक्का बनाया और शक्ति की तरफ मारने ही वाला था कि शक्ति ने उसके पैर में अपना पैर अड़ाकर उसे नीचे गिरा दिया और फिर उसे उसकी कमीज से पकड़, कुरसी पर बैठा उसके दोनों हाथों को उसी रस्सी से बाँध दिया। शक्ति मुसकराई। उसके चेहरे पर परिस्थिति को सँभालनेवाले

शक्ति ने चिल्लाकर कहा, "मेरे हाथ खोल।" महेश की गरदन शक्ति की कैद में थी। उसने बिना देर किए शक्ति के दोनों हाथ खोल दिए। खुलने के बाद शक्ति ने उसकी गरदन से पैर हटा, उसके दोनों हाथों को पकड़कर उसे खड़ा कर दिया।

भाव थे। अपने मुँह में लगे कपड़े को उसने महेश के मुँह में ठूँस दिया और उसी का तरीका अपनाया। वह जोर-जोर से हँसने लगा। वह कभी उसके पैरों, कभी पेट, कभी बगल में लगातार गुदगुदी कर रही थी। एक पल रुककर उसने कहा, "तुमने सुना है न, हमें अपने कर्मों का फल यहीं मिलता है!"

सुबह घर में मातम का माहौल था, क्योंकि लगातार तीन वर्षों में, उस घर में महेश की मौत तीसरी मौत थी।

□

खूनी बरगद

शालू के आँगन में लगा बरगद का पेड़ कब का कट चुका है; लेकिन सावन के बाद उसकी जड़ों के निर्जीव पड़े ठुंड में हरी कोंपलें फूटने लगी हैं। शालू की उम्र पचास को पार कर चुकी है। पुराना होने के बाद भी उसे आज भी याद है कि उसका नाम बहुत प्यार से उसके माँ-बाप ने रखा था। शालू में वे सारे गुण हैं, जो एक आदर्श गृहिणी में होने चाहिए। सुगढ़, खाना बनाने में निपुण, कम बोलनेवाली, दो प्यारे बच्चे, हँसमुख, दोस्तों की एक लंबी कतार, बड़े दिलवाली, फैशन की शौकीन, सफेद हो चुके उसके सारे बाल काले दिखते हैं। मजाल है, जो कभी मेहँदी का रंग छूट जाए! हाल ही में उसने अपने बालों पर कलर भी कराया है। शॉपिंग में उसका कोई हाथ नहीं पकड़ सकता। खुद अकेले तो कर ही आती है और कोई उससे जरा कह दे तो सारा काम छोड़कर वह दूसरों को भी करा लाती है। चाहे आप कितना भी सस्ता लाए हों, लेकिन वह आपसे एक रुपया कम ही लाएगी। और उसकी गुणवत्ता के साथ कोई भी समझौता नहीं होगा। ये सभी बातें उसमें बहुत अच्छी हैं।

पर एक ऐब सबका माफ होता है। अब क्या कहें, समझ नहीं आता। यह बात अच्छाई में रखी जाए या बुराई में या फिर उसे इतना महत्त्व न देकर सिर्फ दरकिनार कर दिया जाए कि वह भी उसके शौक

का एक हिस्सा है, क्योंकि उसे बहुत पसंद है। शौक भी अजीब होते हैं, कभी-कभी लोगों से भी ज्यादा अजीब। उसकी अलमारी में सनसनीखेज किताबें, डी.वी.डी., ऑडियो बुक्स, पिक्चर्स भरी हुई हैं। एक अच्छा-खासा संग्रह उसकी अलमारी की शोभा बढ़ा रहा है। अगर कभी टी.वी. चलता है तो उस पर केवल ऐसी ही पिक्चर्स और नाटक चलाए जाते हैं, जो सनसनीखेज खून-खराबे से भरे हों।

जब शालू शादी होकर आई थी तो उसकी नजर पीछे आँगन में बने बरगद के पेड़ पर ठहर गई थी। बरगद को देखकर उसके मन में एक ही खयाल आया था कि कितना अच्छा हो, यदि उस पर लटककर कोई अपनी जान दे दे। हो सकता है, इस पर लटककर कभी किसी ने जान दी हो! उसने अपनी सास से पूछ लिया था, "माँ जी, बरगद पर तो फाँसी लगाई जा सकती है?"

जब शालू शादी होकर आई थी तो उसकी नजर पीछे आँगन में बने बरगद के पेड़ पर ठहर गई थी। बरगद को देखकर उसके मन में एक ही खयाल आया था कि कितना अच्छा हो, यदि उस पर लटककर कोई अपनी जान दे दे। हो सकता है, इस पर लटककर कभी किसी ने जान दी हो! उसने अपनी सास से पूछ लिया था, "माँ जी, बरगद पर तो फाँसी लगाई जा सकती है?"

उर्मिला सुनकर हैरान रह गई थी। एक मिनट चुप रहने के बाद उसने बात को आई-गई करके एक हँसी अपने चेहरे पर सजा ली और कहा था, "कहाँ से ऐसी बातें आती हैं तेरे दिमाग में?"

उर्मिला का बस, एक ही बेटा था। पति बहुत दिनों पहले स्वर्ग सिधार चुके थे। शालू गरीब घर की लड़की थी, जिसे उर्मिला ने अपने

परिवार में इसलिए जगह दी थी कि उन्हें लगता था कि एक कमजोर घर की लड़की इतने बड़े परिवार की बहू बनकर खुद को धन्य समझेगी और हमेशा उर्मिला से एक कदम नीचे ही रहेगी। प्रारब्ध हमारे जीवन में बहुत बड़ी भूमिका निभाता है। हम बहुत सी योजनाएँ बनाकर अपने जीवन को विस्तार देते हैं; लेकिन भाग्य हमेशा एक कदम आगे चलकर हमें हैरान कर देता है कि जैसा सोचा था, वैसा नहीं हुआ।

सत्तर के बाद उर्मिला की उम्र ढल रही थी। जैसा सभी सास-ससुर सोचते हैं, ढलती उम्र के साथ बहू उनकी बैसाखी बन जाएगी, वैसा ही उर्मिला ने भी सोचा था। आनंद के रहते हुए वैसा चल भी रहा था; लेकिन जब आनंद दफ्तर चला जाता; तो उर्मिला अपने पीछेवाले कमरे में अकेले ही समय गुजारती और उस बरगद को निहारती रहती, जो उसने कभी अपने हाथों से लगाया था। वह पुराना होने के साथ और गहराता जा रहा था। आज वह न जाने कितने पक्षियों का सहारा बन चुका था, लेकिन उर्मिला को लगता था कि वह किसी का सहारा नहीं, बल्कि एक बोझ बन चुकी है। पेड़ और इनसान में कितना अंतर है! पेड़ बढ़ती उम्र के साथ और मूल्यवान् हो जाता है, लेकिन व्यक्ति बढ़ती उम्र के साथ अपनी कीमत खो देता है।

सत्तर के बाद उर्मिला की उम्र ढल रही थी। जैसा सभी सास-ससुर सोचते हैं, ढलती उम्र के साथ बहू उनकी बैसाखी बन जाएगी, वैसा ही उर्मिला ने भी सोचा था। आनंद के रहते हुए वैसा चल भी रहा था; लेकिन जब आनंद दफ्तर चला जाता; तो उर्मिला अपने पीछेवाले कमरे में अकेले ही समय गुजारती और उस बरगद को निहारती रहती, जो उसने कभी अपने हाथों से लगाया था।

शालू की दुनिया में उसकी सनसनीखेज भरी किताबों, फिल्मों, सीरियल्स, अखबारों की सुर्खियाँ और बुलेटिन के अलावा उर्मिला के लिए कोई जगह नहीं थी। जिम्मेदारी के तौर पर भी उसने कभी अपनी सास पर ध्यान नहीं दिया। अपने कमरे में आती हलकी सी रोशनी से उर्मिला को ज्ञात था कि शालू पूरी रात जागती रही है, क्योंकि बच्चे आजकल घर पर नहीं हैं। पर शालू एक बार भी उसका हाल-चाल लेने नहीं आई। अपने बिस्तर पर लेटे हुए उसके कमरे के दरवाजे को इस आशा के साथ कि शालू आएगी, निहारती उर्मिला जाने कब सो गई।

शालू की दुनिया में उसकी सनसनीखेज भरी किताबों, फिल्मों, सीरियल्स, अखबारों की सुर्खियाँ और बुलेटिन के अलावा उर्मिला के लिए कोई जगह नहीं थी। जिम्मेदारी के तौर पर भी उसने कभी अपनी सास पर ध्यान नहीं दिया। अपने कमरे में आती हलकी सी रोशनी से उर्मिला को ज्ञात था कि शालू पूरी रात जागती रही है, क्योंकि बच्चे आजकल घर पर नहीं हैं।

शालू उठी तो उसने देखा कि उर्मिला के कमरे का दरवाजा खुला है। शालू ने बहुत गौर से उर्मिला की ओर देखा, फिर उसकी नजर बरगद के पेड़ पर अटक गई, जहाँ से साँय-साँय और कभी तेज पत्तों की आवाज आ रही थी। उर्मिला गहरी नींद में थी। सुबह के चार बजे थे। सवेरा होने का अभी कोई नामोनिशान नहीं था। शालू ने पूरी रात टी.वी. पर किसी फिल्म को देखते हुए गुजारी थी। उसकी आँखें लाल थीं, पर उनमें अजीब सी चमक थी। उसने हलकी सी मुसकराहट के साथ उर्मिला को देखा और हलके से कदमों से जाकर उसके कंधे पर हाथ रखा, "माँजी, माँजी···" माताजी शब्द में बहुत प्रेम था—इतना, जितना आज तक कभी

शालू ने उर्मिला के लिए नहीं दिखाया था। सचेत हो उर्मिला ने धीरे-धीरे आँखें खोलकर शालू की तरफ देखा। शालू हलकी सी मुसकरा रही थी। लाल आँखें होने के बाद भी उसके चेहरे पर थकान नहीं दिखती थी। यों लगता था, जैसे अभी बाथरूम से निकलकर, नहा-धोकर उसके सामने खड़ी है। उर्मिला अपना चश्मा बेड पर टटोल रही थी, तभी शालू ने कहा, "ऐसा कुछ नहीं है, जो आपको देखना चाहिए। आपकी दूर की नजर कमजोर है। मैं तो आपके पास खड़ी हूँ। बताइए, अब कैसी तबीयत है आपकी?"

उर्मिला ने गहरी साँस लेते हुए हलका खाँसकर कहा, "अब तो ठीक है। पेट में दर्द कम है।"

"मैं चाहती हूँ कि आपका दर्द बिल्कुल ठीक हो जाए।"

हकलाते हुए उर्मिला ने पूछा, "क्या मुझे किसी डॉक्टर के पास ले जाने वाली हो?"

शालू हँसी, "अरे नहीं, डॉक्टर के पास नहीं। मैं सोच रही हूँ कि आपको थोड़ी वॉक करा दूँ। आप थोड़ा घूमा करिए।"

उर्मिला ने गहरी साँस लेते हुए हलका खाँसकर कहा, "अब तो ठीक है। पेट में दर्द कम है।"
"मैं चाहती हूँ कि आपका दर्द बिल्कुल ठीक हो जाए।"
हकलाते हुए उर्मिला ने पूछा, "क्या मुझे किसी डॉक्टर के पास ले जाने वाली हो?"
शालू हँसी, "अरे नहीं, डॉक्टर के पास नहीं। मैं सोच रही हूँ कि आपको थोड़ी वॉक करा दूँ। आप थोड़ा घूमा करिए।"

"मैं घूमती तो हूँ!"

"अरे, वह तो आप बेंत लेकर घर में दो चक्कर लगा लेती हैं। आपको बिना बेंत के सहारे के चलना चाहिए, बिल्कुल सीधे तनकर।"

"अब कहाँ! मेरी उम्र हो गई है। तनकर कहाँ चल पाऊँगी? 70 साल में कोई तनकर चला है!"

"क्यों नहीं, विदेशों में इतनी उम्र में लोग ऐसे ही चलते हैं। हम जब मानते हैं, तब हम बुड्ढे हो जाते हैं। चलिए, खड़ी हो जाइए।"

"लेकिन अभी तो बहुत रात है!"

"बहुत रात, किसने कहा? चार बज चुके हैं। कुछ देर में आपके बेटे आ जाएँगे। मैं चाहती हूँ, उससे पहले आप घूम लें। मैं पूरी रात यह सोचती रही हूँ कि आपके स्वास्थ्य को ठीक कैसे किया जाए? घूमना आपके लिए सबसे ज्यादा जरूरी है।" शालू ने उर्मिला का कंधा पकड़ लिया और जोर लगाकर उसे उठाना चाहा।

"बहुत रात, किसने कहा? चार बज चुके हैं। कुछ देर में आपके बेटे आ जाएँगे। मैं चाहती हूँ, उससे पहले आप घूम लें। मैं पूरी रात यह सोचती रही हूँ कि आपके स्वास्थ्य को ठीक कैसे किया जाए? घूमना आपके लिए सबसे ज्यादा जरूरी है।" शालू ने उर्मिला का कंधा पकड़ लिया और जोर लगाकर उसे उठाना चाहा।

"धीरे बहू, बहुत दर्द होता है।"

"अरे, आपके मन का वहम है दर्द। दर्द की कोई दवाई नहीं है, जब तक कि आप उसे अपने मन में बैठाते हैं।" यह सबसे लंबी बातचीत थी, जो पिछले चार वर्षों में शालू और उर्मिला के बीच हुई थी। उर्मिला ने बेड से उठकर अपनी चप्पलें पहननी चाहीं।

"नहीं-नहीं, नंगे पैर चलना ज्यादा आरामदायक होता है। चलिए।" शालू ने कहा। उर्मिला के कदम धीरे-धीरे उठते हैं, लेकिन शालू उसे खींच रही है।

"थोड़ा तेज चलिए न, देर हो जाएगी। मैंने कहा न, आपके बेटे आने वाले हैं।" शालू ने गुस्से में उर्मिला की तरफ देखा। कदम धीरे-धीरे बढ़ रहे हैं और शालू मुसकरा रही है। शालू ने एक हाथ से गेट खोला और दूसरे हाथ से उर्मिला का कंधा पकड़कर उसे बाहर निकाल दिया। पत्तों की सरसराहट की आवाज तेज सुनाई देती है। ठंडी हवा चल रही है। उर्मिला ने फर्श की तरफ देखा, फिर नजर उठाकर शालू की तरफ देखा और कहा, "कितनी ठंडी हवा है!"

"हाँ, तभी तो मैं आपको बाहर लाई हूँ। मैं चाहती हूँ कि आप हमेशा प्रकृति का आनंद लेती रहें। अच्छा, बताइए, यह बरगद कितना पुराना है?"

"बार-बार बरगद के बारे में क्यों पूछती है? कहा तो चालीस साल पुराना है। अपने हाथ से लगाया था।"

"लेकिन लगता नहीं है। लगता है, आपकी उम्र का है।" इस बातचीत के बीच उर्मिला को खुशी इस बात की है कि उसकी बहू उसके बारे में सोचती है, उसका खयाल रखती है। क्या हुआ, जो सोते हुए उठाया; लेकिन उसकी तबीयत के बारे में तो पूछा और कौन बहू सुबह उठकर अपनी सास को हाथ पकड़कर टहलाती है?

"लेकिन लगता नहीं है। लगता है, आपकी उम्र का है।" इस बातचीत के बीच उर्मिला को खुशी इस बात की है कि उसकी बहू उसके बारे में सोचती है, उसका खयाल रखती है। क्या हुआ, जो सोते हुए उठाया; लेकिन उसकी तबीयत के बारे में तो पूछा और कौन बहू सुबह उठकर अपनी सास को हाथ पकड़कर टहलाती है?

चार चक्कर लगाने के बाद शालू ने उन्हें बरगद के नीचे पड़ी कुरसी पर बैठा दिया। कुरसी पर बैठाने के बाद शालू कुरसी के पीछे चली गई।

उर्मिला ने आवाज दी, "तू कहाँ जा रही है?" पर उसने कोई जवाब नहीं दिया। बिना चश्मे के उर्मिला इधर-उधर देखने की कोशिश कर रही है, पर उसे कुछ साफ दिखाई नहीं देता। सबकुछ धुँधला-धुँधला है। तभी अचानक उसे अपनी आँखों के सामने कुछ साँप जैसा दिखाई दिया। उर्मिला इतना घबरा गई कि उसकी आवाज नहीं निकली और उसने धीमी आवाज में लंबी साँस लेते हुए कहा, "शालू...साँप...शालू..." तीसरी आवाज उर्मिला के गले से निकलने ही वाली थी, लेकिन वह वहीं रुक गई, क्योंकि साँप उर्मिला के गले में पूरी तरह फँस चुका था। साँप उसे ऊपर की तरफ खींचने लगा। उर्मिला कुरसी से उठती जा रही है। धीरे-धीरे वह पूरी उठ चुकी है। शालू कहीं नजर नहीं आती। और अब उर्मिला के पैरों ने उठना शुरू कर दिया है। साँप की पकड़ गरदन पर और कसती जा रही है। उर्मिला का गला सूख रहा है। उसकी आँखें चारों तरफ शालू को देख रही हैं। उर्मिला के पैर पंजों के ऊपर टिके हुए हैं। साँप अपनी पकड़ मजबूत करते हुए लगातार अपनी तरफ उर्मिला को खींच रहा है। पंजों के बाद केवल उर्मिला का अँगूठा जमीन को छूता है और आधे मिनट ही में अँगूठे ने भी जमीन को छोड़ दिया। उर्मिला पूरी तरह से हवा में लटकी हुई है। उसकी आँखें मानो दो गड्ढे से बाहर झाँक रही हैं। उर्मिला को एहसास होता है कि उसकी आँखें जैसे बाहर निकलकर गिर जाएँगी। उसकी नजर कमजोर और धुँधली जरूर है, लेकिन आँखों का रंग काला व सफेद है। सफेद उम्र के साथ पीला नहीं पड़ा। सफेद रंग

उर्मिला ने आवाज दी, "तू कहाँ जा रही है?" पर उसने कोई जवाब नहीं दिया। बिना चश्मे के उर्मिला इधर-उधर देखने की कोशिश कर रही है, पर उसे कुछ साफ दिखाई नहीं देता। सबकुछ धुँधला-धुँधला है। तभी अचानक उसे अपनी आँखों के सामने कुछ साँप जैसा दिखाई दिया।

में जैसे कई छोटी-छोटी बारीक लाल धारियाँ उभर आई हैं। उर्मिला दोनों हाथ ऊपर कर भरपूर ताकत से साँप को नीचे खींचना चाहती है, लेकिन साँप में उर्मिला से ज्यादा ताकत है। साँप का फंदा गहरा और गहरा होता चला जाता है। उर्मिला के मन में छवि दौड़ने लगती है, जब उसने महीने भर पहले एक साँप को अपने आँगन में आनंद से कहकर मरवा दिया था। ऐसा ही तो कहते हैं कि जोड़ों में से एक भी मारा तो दूसरा उसका बदला लेने जरूर आता है। एक मिनट के लिए उर्मिला ने अपनी आँखों को बंद कर अपने पाप का प्रायश्चित्त किया। उसके पैर छटपटा रहे हैं। पैरों का छटपटाना लगभग दो मिनट से कम रहा होगा और उसके बाद वह शांत हो गई। उसका शरीर बिल्कुल सीधा है। अब उसकी कमर झुकी नहीं है। उसकी गरदन कुछ और लंबी हो चुकी है। आसपास कोई आवाज नहीं बस, पत्तों की आवाज और सुबह होने का इशारा कोयल की बोली में नजर आता है।

दूर कोने में एक पैर बाउंड्री के दीवार पर रखे, दोनों हाथों को उत्साह से जोड़े हुए हलकी सी मुसकराहट के साथ शालू मुसकरा रही है। उसके चेहरे के भाव बता रहे हैं कि इतना सुंदर दृश्य उसने आज से पहले कभी नहीं देखा। पाँच बजने को हैं। शालू का अलार्म बज रहा है।

दूर कोने में एक पैर बाउंड्री के दीवार पर रखे, दोनों हाथों को उत्साह से जोड़े हुए हलकी सी मुसकराहट के साथ शालू मुसकरा रही है। उसके चेहरे के भाव बता रहे हैं कि इतना सुंदर दृश्य उसने आज से पहले कभी नहीं देखा। पाँच बजने को हैं। शालू का अलार्म बज रहा है। वह बुदबुदाती हुई 'खूनी बरगद' उर्मिला के पास आकर खड़ी है। शालू उर्मिला के पैरों में एक हलका सा झटका देती है। उर्मिला का पूरा शरीर हवा में झूल जाता है। एक नजर शालू ऊपर रस्सी को देखती है

और अपनी पारखी नजर को दाद देती है। उसे यकीन नहीं था कि वह रस्सी इतनी मजबूत निकलेगी। जब उसने रस्सी को पेड़ से कस दिया था तो लगा था कि रस्सी टूट जाएगी; लेकिन रस्सी ने अपना काम कर दिया। शालू ने उर्मिला को नीचे उतार, रस्सी का फंदा बना उसे दोबारा लटका दिया और गहरी साँस ली। शालू की आँखें बताती हैं कि उसने इस दृश्य का बहुत आनंद उठाया है। वह गुनगुनाती हुई उर्मिला के कमरे से निकलकर रसोई की तरफ मुड़ गई। उसने चाय बनाई और बनाने के बाद दो कप में छान ली।

दरवाजे पर आहट हुई है। आनंद आ चुका है और रोज की तरह आते ही उसने माँ के कमरे की तरफ रुख किया। माँ कमरे में नहीं है। दरवाजा खोलकर वह आँगन में पहुँचा और उसने जोर से शालू को बुलाया। शालू दौड़ती हुई आनंद के पास आई, "हे राम! यह कब हुआ? कैसे हुआ? मैं न कहती थी, यह बरगद खूनी है। किसी की जान जरूर लेगा।"

□

बरसात की डरावनी रात

लगातार चार घंटे की बारिश के बाद बादलों का गर्जन रुक चुका है। काली रात बादलों से घिरकर और काली नजर आती है। टप्, टप्``टप्—पानी छत की दीवार से धीरे-धीरे टपकता हुआ मानो कह रहा हो, रात भर में इसी से तालाब बन जाएगा। बिस्तर पर औंधे मुँह लेटे अनमोल को छत पर झूलता हुआ पंखा, जो अपनी आवाज से चिल्ला-चिल्लाकर बताने की कोशिश कर रहा है कि वह वर्षों से उसी जगह पर है, घूर रहा है। अनमोल की चादर, जो उसने ओढ़ी थी, सरककर पूरी जमीन पर गिर चुकी है। खिड़की से स्ट्रीट लाइट की हलकी-हलकी रोशनी उसके चेहरे पर पड़ रही है। टी.वी. अभी भी ऑन है। अचानक अनमोल की आँखें खुल गईं। घर के बाहर दरवाजे पर किसी की आहट है, जैसे कोई कुछ खोद रहा है। आवाज बहुत धीरे-धीरे और रुक-रुककर आती है। अनमोल अपने बिस्तर पर से उठकर बैठ गया। उसने अपना पूरा ध्यान आवाज की तरफ लगा दिया। आवाज लगातार आ रही है। उसने मोबाइल उठाकर टाइम देखा, एक बजा है। वह उठकर खिड़की तक पहुँचा। उसने झाँककर देखने की कोशिश की। किसी की परछाईं दिख रही है, जो एक लंबे-चौड़े आदमी की है। छह फीट का रहा होगा! पर उसके गेट के बाहर वह क्या कर रहा है? अनमोल आवाज लगाकर पूछना चाहता है कि कौन है? पर जाने क्या

सोचकर वह रुक गया। उसके हाथ में कुछ बड़े चाकू जैसा दिखता है। अनमोल परछाईं में भी चाकू को चमकते हुए देख सकता है। अनमोल के दिल की धड़कन रुक गई। साँस की आवाज निकालने में भी वह इस बात से सिहर जाता है कि कहीं उसकी साँस की आवाज खिड़की को पार करके गेट तक न पहुँच जाए। उसके पैरों में हलका अजीब सा कंपन है। वह लाइट जलाना चाहता है और देखना चाहता है कि चल क्या रहा है, वह भी उसके गेट के पास? लेकिन उसका दिमाग कह रहा है कि लाइट जलाने पर खतरा हो सकता है। उसने अपने सिरहाने पर पड़े फोन को दोबारा ढूँढ़ा, फोन में पाँच परसेंट ही बैटरी बाकी है। इससे बेखबर अनमोल ने टॉर्च जला दी और धीरे-धीरे अपने कमरे का दरवाजा खोलकर मेन गेट की तरफ बढ़ा। उसने गेट पर चाबी लगाई और हलके से झटके से गेट को खोलना चाहा, लेकिन बहुत जोर लगाने के बाद भी वह नहीं खोल पा रहा था। इस बार एक जोर का झटका और गेट ऊपर से लेकर नीचे तक हिल गया, लेकिन उसका दरवाजा नहीं खुला। अनमोल ने टॉर्च को ऊपर कर दरवाजे की चटखनी को देखा, लेकिन चटखनी तो उसने पहले ही खोल दी है। उसने इस बार और जोर से दरवाजे को खींचा। खींचते हुए उसे एहसास हुआ कि दरवाजा बाहर से बंद है।

साँस की आवाज निकालने में भी वह इस बात से सिहर जाता है कि कहीं उसकी साँस की आवाज खिड़की को पार करके गेट तक न पहुँच जाए। उसके पैरों में हलका अजीब सा कंपन है। वह लाइट जलाना चाहता है और देखना चाहता है कि चल क्या रहा है, वह भी उसके गेट के पास? लेकिन उसका दिमाग कह रहा है कि लाइट जलाने पर खतरा हो सकता है।

अनमोल का गला सूख रहा है। उसने दोबारा खिड़की के पास जाकर देखा, खोदना लगातार जारी है। अब उसने गौर से देखा कि उसके पास एक बोरा पड़ा है। बोरे में क्या हो सकता है? अचानक अनमोल के दिमाग ने कहा—कहीं कोई लाश"। तभी उसे याद आया कि पिंटू ने बताया था, हाँ, पिंटू ने ही बताया था कि कैसे उसके आँगन में दो लाशें मिलीं, वह भी किसी बोरे में दबी हुई। मैं हँस गया था। क्या यह सच हो सकता है कि उसे पता भी न हो और कोई उसके गार्डन में लाशों को दबा जाए? एक बार तो पिंटू को पुलिस ने पकड़ भी लिया था। पुलिस को शक था कि मर्डर उसी ने किया है, पर कोई सबूत न मिलने पर उसे छोड़ दिया गया। मैं हैरान था कि पिंटू को कैसे नहीं पता चला, या फिर यह उसकी मनगढ़ंत कहानी थी, जो उसने मुझे सिर्फ डराने के लिए सुना दी थी। मैं हँसा था, बहुत जोर से हँसा था, "तुम्हें क्या लगता है कि मैं बच्चों की कहानियों से डरूँगा?"

अनमोल का गला सूख रहा है। उसने दोबारा खिड़की के पास जाकर देखा, खोदना लगातार जारी है। अब उसने गौर से देखा कि उसके पास एक बोरा पड़ा है। बोरे में क्या हो सकता है? अचानक अनमोल के दिमाग ने कहा—कहीं कोई लाश"। तभी उसे याद आया कि पिंटू ने बताया था, हाँ, पिंटू ने ही बताया था कि कैसे उसके आँगन में दो लाशें मिलीं, वह भी किसी बोरे में दबी हुई।

अनमोल के दिल की धड़कन तेजी से दौड़ रही है। आदमी ने कुरता-पाजामा पहना है और लगातार खोदे ही जा रहा है। रात के एक बजे किसी के दरवाजे पर कोई क्यों खोदेगा और वह भी किसी का मेन गेट बंद करके! क्या हो सकता है? अनमोल को याद आया कि दूसरे

कमरे में माँ सो रही है। दबे हुए, बिना आवाज के लगभग भागते हुए अनमोल माँ के कमरे तक पहुँचने ही वाला था कि उसका पैर फिसला और वह गिर गया। उसने अपने फोन की लाइट से देखा कि कुछ लाल, कुछ गाढ़ा तरल फर्श पर फैला हुआ है। दूर तक उसकी धार जाती है। 'खून! क्या माँ··· ?' एक मिनट लगातार उसे देखने के बाद अनमोल खड़ा हुआ और भागते हुए माँ के दरवाजे तक पहुँचा। गेट खुला है। माँ कहीं नहीं है। उसने चारों तरफ अपनी नजर दौड़ा दी। माँ कहीं दिखाई नहीं देतीं। माँ कहाँ गईं?

पर माँ ही क्यों? माँ ने किसी का क्या बिगाड़ा है? वह बारह बजे ही तो सोया था। सरला आंटी! हाँ, आज ही तो हुई थी उनसे लड़ाई। पर लड़ाई तो सिर्फ बाहर पड़े कूड़े के ऊपर हुई थी। क्या इतनी सी बात पर कोई किसी को जान से मार सकता है? क्यों नहीं! पूरे मोहल्ले के सामने माँ ने सरला आंटी की बेइज्जती की थी। क्या-क्या तो खरी-खोटी सुनाई थी।

पर माँ ही क्यों? माँ ने किसी का क्या बिगाड़ा है? वह बारह बजे ही तो सोया था। सरला आंटी! हाँ, आज ही तो हुई थी उनसे लड़ाई। पर लड़ाई तो सिर्फ बाहर पड़े कूड़े के ऊपर हुई थी। क्या इतनी सी बात पर कोई किसी को जान से मार सकता है? क्यों नहीं! पूरे मोहल्ले के सामने माँ ने सरला आंटी की बेइज्जती की थी। क्या-क्या तो खरी-खोटी सुनाई थी। यह तक कह दिया था कि इसलिए तुम्हारे बच्चे तुम्हें अपने साथ नहीं रखते, क्योंकि तुम सिर्फ अपने ही बारे में सोचती हो। लेकिन बाहर जो आदमी खोद रहा है, उसने तो कुरता-पाजामा पहना है। उसके तो बाल भी दिखाई नहीं देते, न ही उसका जूड़ा है। पर हाँ, कल शाम को ही किसी लंबे-चौड़े आदमी को सरला आंटी के घर में उसने घुसते

हुए देखा था। कैसे मुसकराते हुए हाथ जोड़कर सरला आंटी ने उसका स्वागत किया था। वह शक्ल से ही अजीब दिखता था। उसने कुरता-पाजामा पहना था। मैं उसे देख रहा था, तभी सरला आंटी मेरी तरफ अजीब सी मुसकराहट देकर उसके साथ अंदर चली गईं।

बहुत छोटा था, तब उसे याद है कि जो बिल्ली सरला आंटी के घर रोज दूध फैला जाती थी, उस बिल्ली पर छुपकर उन्होंने डंडे से वार कर दिया। बिल्ली वहीं-की-वहीं मर गई। और फिर आंटी ने उसे अपने ही गार्डन में दफना दिया। टोनी, हाँ, टोनी के साथ भी तो यही हुआ था। टोनी, उनका कुत्ता, जब उसने उन्हें काट लिया तो आंटी ने कमरे में बंद करके उसे पीटा था और न केवल पीटा था, कुछ दिन बाद वह अचानक से गायब हो गया। कई बार पूछने के बाद आंटी ने कहा कि उन्होंने उसे नगरपालिका वालों को दे दिया है। तब तो मुझे इस बात पर यकीन हो गया था कि शायद ऐसा हुआ हो, लेकिन आज मुझे पता चला, टोनी भी कहीं उनके गार्डन में ही किसी पेड़ के नीचे लेटा हो! लेकिन माँ! मुझे बाहर जाना होगा। कहते हैं कि पड़ोसी सबसे अच्छा दोस्त होता है; लेकिन अगर वह दुश्मनी निभाए तो उससे बड़ा दुश्मन कौन हो सकता है?

बहुत छोटा था, तब उसे याद है कि जो बिल्ली सरला आंटी के घर रोज दूध फैला जाती थी, उस बिल्ली पर छुपकर उन्होंने डंडे से वार कर दिया। बिल्ली वहीं-की-वहीं मर गई। और फिर आंटी ने उसे अपने ही गार्डन में दफना दिया। टोनी, हाँ, टोनी के साथ भी तो यही हुआ था। टोनी, उनका कुत्ता, जब उसने उन्हें काट लिया तो आंटी ने कमरे में बंद करके उसे पीटा था और न केवल पीटा था, कुछ दिन बाद वह अचानक से गायब हो गया।

मैं इतना लापरवाह कैसे हो सकता हूँ कि मेरी आँख नहीं खुली? क्या हुआ होगा माँ के साथ? मुझे क्या जरूरत है बारह बजे तक टी.वी. देखने की? अगर नौ बजे सो गया होता तो शायद मेरी आँख खुल जाती। मुझे अपने आप पर शर्म आ रही है। मैं कुछ करता जरूर। कुछ तो करता, जरूर करता। मैं माँ को बचा लेता। क्या पता, अभी भी देर न हुई हो।

धाँय! खिड़की पर एक जोर की आहट हुई। अनमोल खिड़की की तरफ लपका। खिड़की अभी भी हिलते हुए चर्र-चर्र की आवाज कर रही है। क्या कोई घर के अंदर था, जो दरवाजा खोलकर बाहर भाग गया? इस विचार से ही वह सहम गया। एक हाथ में फोन और दूसरे हाथ में उसने अपना बैट उठा लिया। उसने खिड़की को धीरे से खोला।

धाँय! खिड़की पर एक जोर की आहट हुई। अनमोल खिड़की की तरफ लपका। खिड़की अभी भी हिलते हुए चर्र-चर्र की आवाज कर रही है। क्या कोई घर के अंदर था, जो दरवाजा खोलकर बाहर भाग गया? इस विचार से ही वह सहम गया। एक हाथ में फोन और दूसरे हाथ में उसने अपना बैट उठा लिया। उसने खिड़की को धीरे से खोला। अपने मोबाइल को खिड़की के किनारे पर रख वह खिड़की के बाहर बनी छोटी सी बाउंड्री के अंदर कूद गया। अब उसे टॉर्च को भी बंद करना होगा। अनमोल दबे पाँव गेट की तरफ बढ़ रहा है। किसी के खाँसने की आवाज और अनमोल के कदम रुक गए। उसने गौर किया कि खोदना बंद हो चुका है। अनमोल गेट की दीवार से चिपककर झाँकने की कोशिश कर रहा है तो देखता है कि वह आदमी बैठकर खुरपी से खोद रहा है।

वह पहले खड़ा होकर यह सोच लेना चाहता है कि प्लानिंग किस तरह से की जाए कि अनमोल उस पर काबू पाने में सफल रहे। अनमोल ने सोच लिया है कि वह सबसे पहले उसकी गरदन दबाएगा और उसके बाद बैट सीधा उसके सिर पर दे मारेगा। अनमोल ध्यान लगाकर सुनने की कोशिश करता है कि कहीं उसके पास कोई और तो नहीं, लेकिन किसी और के होने का एहसास उसे नहीं हुआ। शायद वह अकेला ही है। वह आदमी लंबी-लंबी साँसें ले रहा है। हो सकता है, वह थका है! और उसने एक गहरी साँस ली। अनमोल ने जल्दी से दरवाजा खोला और उसकी गरदन की तरफ लपका। अनमोल ने उसे जमीन पर गिरा दिया। वह आदमी अपने दोनों हाथों से अपना गला छुड़ाने की कोशिश कर रहा है, लेकिन तभी अनमोल के हाथ से उसका फोन गिरा और गली की लाइट भी चली गई। अँधेरे में अनमोल अपना बैट ढूँढ़ रहा है, पर बैट उसके हाथ से छूटकर कहीं दूर जा गिरा। उसने अपने दूसरे हाथ से एक मुक्का बनाया और उस आदमी के चेहरे पर दे मारा। वह जोर से चिल्लाया। तभी अनमोल को एहसास हुआ कि उसे जल्दी से बोरे को खोलकर देख लेना चाहिए। क्या उसका शक सही है? क्या माँ के साथ ऐसा हुआ है, जैसा उसने सोचा? अगर ऐसा नहीं हुआ है तो माँ

वह पहले खड़ा होकर यह सोच लेना चाहता है कि प्लानिंग किस तरह से की जाए कि अनमोल उस पर काबू पाने में सफल रहे। अनमोल ने सोच लिया है कि वह सबसे पहले उसकी गरदन दबाएगा और उसके बाद बैट सीधा उसके सिर पर दे मारेगा। अनमोल ध्यान लगाकर सुनने की कोशिश करता है कि कहीं उसके पास कोई और तो नहीं, लेकिन किसी और के होने का एहसास उसे नहीं हुआ।

कहाँ है? और वह खून, जो उसने फ्रिज के पास पड़ा हुआ देखा था! इस विचार के साथ अनमोल ने जिस साहस का परिचय दिया था, वह ठंडा होकर डर में बदल गया और उसके हाथ की पकड़ ढीली पड़ गई। इसी बीच आदमी ने अनमोल के हाथों से खुद को आजाद कर लिया। खड़े होने की ताकत लगाते हुए उसका एक पैर फिसल गया। अनमोल ने उसका पैर पकड़ लिया। आदमी ने अपनी टॉर्च जला दी। आदमी की हलकी सफेद दाढ़ी चमक रही है। मिट्टी से उसका कुरता मैला हो चुका है। उसके हाथों पर मिट्टी लगी है और हाथ में खुरपी है। और वह कह रहा है, "मेरी बात सुनो! मेरी बात सुनो!" लेकिन अनमोल ने उसकी टाँग पकड़कर उसे नीचे गिरा दिया और रेंगते हुए उसके गले तक पहुँचते हुए पूछा, "माँ कहाँ है?"

मिट्टी से उसका कुरता मैला हो चुका है। उसके हाथों पर मिट्टी लगी है और हाथ में खुरपी है। और वह कह रहा है, "मेरी बात सुनो! मेरी बात सुनो!" लेकिन अनमोल ने उसकी टाँग पकड़कर उसे नीचे गिरा दिया और रेंगते हुए उसके गले तक पहुँचते हुए पूछा, "माँ कहाँ है?"

आदमी हाँफने लगा। लगभग वह रोने वाला था। उसने कहा, "बाबूजी, किसकी माँ?"

"मेरी माँ!" अनमोल चिल्लाया।

"मुझे कैसे पता होगा कि आपकी माँ कहाँ हैं?" अनमोल को एहसास हुआ कि संवाद वैसा नहीं है, जैसा किसी अपराधी व उसके बीच होना चाहिए और उसने खुद को सँभालते हुए कहा, "तुम कौन हो और यहाँ क्या कर रहे हो?"

आदमी घुटनों के बल बैठ गया। उसने गहरी साँस ली और कहा, "बाबूजी, मैं तो आँगनवाड़ी में काम करता हूँ। बस, महीने भर में 3,000

पेड़ लगाना चाहता हूँ। जब भी किसी भी खाली जगह पर लगाता हूँ तो अकसर लोग भगा देते हैं, चाहे वह उनके लाभ की ही बात क्यों न हो। अतः अकसर मैं रात में ही चुपचाप यह काम करता हूँ। यहाँ बहुत खाली जगह थी।" उसका इतना कहना था कि पूरी गली स्ट्रीट लाइट की रोशनी से चमक गई, जैसे उसकी इस बात पर प्रकृति ही नहीं, विज्ञान भी खुश हो गया था। अनमोल ने कहा, "माफ करना, बाबा! मुझे लगा कि घर के बाहर कौन है!"

"इसीलिए साहब, मैं तो बहुत धीरे-धीरे काम करता हूँ कि किसी को परेशानी न हो। फिर भी, मैंने आपको परेशान किया तो इसके लिए मैं माफी चाहता हूँ।" अनमोल के चेहरे पर हलकी सी मुसकराहट है। वह सोच रहा है कि सिर्फ पाँच मिनट में उसने क्या-क्या सोच लिया! उसके पैर पर मिट्टी लगी है। आदमी ने कहा कि जाते वक्त मैं सारी मिट्टी साफ कर दूँगा। अनमोल गेट की तरफ बढ़ा और उसने बाहर का दरवाजा बंद कर दिया। वह मेन गेट की तरफ आया और दरवाजा खोलने की कोशिश की, पर उसे एहसास हुआ कि दरवाजा तो अंदर से बंद है। तब उसे याद आया कि शायद नीचे की कुंडी लगी हुई है। वह दोबारा खिड़की से कूदा और माँ के कमरे की तरफ मुड़ गया। माँ अभी भी कमरे में नहीं थीं। उसने नेहा के कमरे की तरफ रुख किया। नेहा माँ के पेट पर पैर रखकर सो रही है। उसने गहरी साँस ली और जाकर अपने बिस्तर पर पसर गया।

"इसीलिए साहब, मैं तो बहुत धीरे-धीरे काम करता हूँ कि किसी को परेशानी न हो। फिर भी, मैंने आपको परेशान किया तो इसके लिए मैं माफी चाहता हूँ।" अनमोल के चेहरे पर हलकी सी मुसकराहट है। वह सोच रहा है कि सिर्फ पाँच मिनट में उसने क्या-क्या सोच लिया! उसके पैर पर मिट्टी लगी है।

अनमोल ने अचानक अपने सिर पर एक जोरदार थप्पड़ महसूस किया और रोज सुनी जानेवाली आवाज, "आधी दोपहरी तक सोता है और पूरी रात जागता है। पूरी दुनिया काम पर चली गई। खिड़की खुली छोड़ दी। बिल्ली ने सॉस की पूरी बोतल फैला दी। भगवान् जाने कौन रात में गेट के बाहर पेड़ लगा गया! जाने कौन टोटका किया है! अभी उखाड़कर आई हूँ। पूरी रात जागता है, लेकिन तेरा कोई सुख नहीं है मुझे। चोरों के लिए रात भर पूरा दरवाजा खोलकर रखता है। कुंडी तक नहीं लगाई। बस, नीचे की एक चटखनी लगी थी। वह तो हलके से धक्के से टूट जाएगी।" माँ की आवाज दूर रसोई से आ रही है। लेकिन अनमोल सोच रहा है कि वह उस पेड़ को दोबारा वहीं लगा देगा।

□

फ्लैट नं. 714 में रहस्यमयी मौत

अभी भी पूरे फ्लैट में पेंट की गंध बसी है। यों लगता है कि सारी दीवारें बोल उठी हैं। हर कोना बड़े जतन से सजाया गया है। बाहर की खिड़की के पास एक टेबल लैंप है, जो रंग-बिरंगी रोशनी से जगमगाता रहता है। जब पूरे घर की लाइटें बंद होती हैं तो वह जलकर घर की खूबसूरती को और बढ़ा देता है। दीवारों पर दो लोगों के फोटो टँगे हैं। काफी कम उम्र के कपल। अभी शादी हुई है। मुश्किल से छह महीने हुए होंगे कि उन्हें बेंगलुरु शिफ्ट करना पड़ा। राहुल की नौकरी बेंगलुरु में लगी है और यशिका अभी अपने लिए नौकरी ढूँढ़ने की कोशिश कर रही है। यों कहें कि वह अभी ढूँढ़ना नहीं चाहती। वह कुछ वक्त सिर्फ अपने नए घर के साथ बिताना चाहती है, उसे सजाना चाहती है। जिसका सपना उसने जाने कब से देखा था कि उसकी दीवारों का रंग कैसा होगा! कौन सी फोटो वह दीवारों पर लगाएगी। उसका बेड कमरे के कौन से कोने में सजेगा? उसकी रसोई में सारी क्रॉकरी कौन सी होगी? कैसे उसके घर का हर कोना काँच की तरह चमकेगा! जब वह अपना घर खुद डिजाइन करेगी। आखिर क्यों न हो, वह खुद भी तो इंटीरियर डिजाइनर ही है। उसके घर को देखकर लगता है कि हाँ, यह किसी इंटीरियर डिजाइनर का ही घर है।

जब वह पहली बार राहुल के साथ उस घर को देखने आई थी तो

वह ऐसा बिल्कुल नहीं था, जैसा आज दिखता है। उसके आज के चेहरे को देखकर उसके कल का अंदाजा लगाना बहुत मुश्किल है। डीलर ने कहा था कि घर सस्ता मिल रहा है, क्योंकि मालिक यहाँ नहीं रहता। घर की हालत तो खस्ता थी, पर लोकेशन अच्छी थी। इसी के चलते यशिका को घर पसंद आ गया। घुमावदार सीढ़ियाँ उसकी शोभा बढ़ाती थीं। माना कि बिल्डिंग में लिफ्ट भी लगी थी, पर सीढ़ियों की अलग ही रौनक होती है। सीढ़ियों का इस्तेमाल हो न हो, लेकिन उनकी खूबसूरती घर में चार चाँद लगा देती है। यशिका समझ रही थी कि उसको बहुत काम की जरूरत पड़ेगी; लेकिन जितना समय उसने सोचा था घर को सजाने में, उससे कम ही समय लगा। लगातार पाँच साल से बंद मकान जब खुलता है तो अपने पाँच साल के अकेलेपन को अपनी जर्जर होती हालत से बताता है। जाने क्या बात है कि निर्जीव वस्तुएँ भी आदमी के रहने से सजीव रहती हैं और उसके जाने से वीरान जैसे वहाँ कभी कोई रहा ही न हो।

आजकल यशिका परेशान रहती है। परेशानी इस बात की नहीं है कि उसे नौकरी नहीं मिल रही है या फिर उसे घर को ज्यादा टाइम देना पड़ रहा है। परेशान वह इस बात से है कि वह लगातार डिप्रेशन महसूस कर रही है। लेकिन इसका कारण वह नहीं जान पाई। उसे नौकरी को लेकर कोई जल्दबाजी नहीं है, बल्कि उसने तो यह तय कर लिया था कि अगर नौकरी नहीं भी मिलती है तो वह घर पर ही रहेगी।

आजकल यशिका परेशान रहती है। परेशानी इस बात की नहीं है कि उसे नौकरी नहीं मिल रही है या फिर उसे घर को ज्यादा टाइम देना पड़ रहा है। परेशान वह इस बात से है कि वह लगातार डिप्रेशन महसूस

कर रही है। लेकिन इसका कारण वह नहीं जान पाई। उसे नौकरी को लेकर कोई जल्दबाजी नहीं है, बल्कि उसने तो यह तय कर लिया था कि अगर नौकरी नहीं भी मिलती है तो वह घर पर ही रहेगी। पर आजकल अजीब सा मन रहता है। फिर आज उसके मन की बेचैनी कुछ ज्यादा ही है, क्योंकि लोगों का अजीब-सा रवैया उसे समझ नहीं आता। आज वह बाहर निकली थी और दो-तीन लोग, जो पार्क में बैठे थे, उनसे थोड़ी बातचीत भी हुई। एक आंटी ने पूछा, "आप नई लगती हैं।" तो यशिका ने भी 'हाँ' में गरदन हिला दी कि हम अभी शिफ्ट हुए हैं। उन्होंने फ्लैट नंबर पूछा। यशिका के बताते ही उन्होंने अजीब सा रिएक्ट किया कि वह फ्लैट नंबर 714 में रहती है। आंटी ने कुछ बोला नहीं और वह चुपचाप उठकर चली गई। जब भी वह बाहर से आती है, उसे देखकर वॉचमैन की नजरें बदल जाती हैं और अब वह उसे अलग ही नजर से देखने लगा है। राहुल के आने पर यशिका ने राहुल को बताया कि उसके साथ आंटी ने कैसा व्यवहार किया। और राहुल का कहना था, "यशिका, तुम बेकार की चीजों पर डिस्कस करती हो। आजकल लोग अपनी लाइफ में व्यस्त रहते हैं। उन्हें कोई काम होगा और पहली ही बारी में तुम लोगों से क्या एक्सेप्टेंस करती हो? तुम्हें समझना होगा कि हम नए-नए हैं तो एडजस्ट होने में टाइम तो

एक आंटी ने पूछा, "आप नई लगती हैं।" तो यशिका ने भी 'हाँ' में गरदन हिला दी कि हम अभी शिफ्ट हुए हैं। उन्होंने फ्लैट नंबर पूछा। यशिका के बताते ही उन्होंने अजीब सा रिएक्ट किया कि वह फ्लैट नंबर 714 में रहती है। आंटी ने कुछ बोला नहीं और वह चुपचाप उठकर चली गई। जब भी वह बाहर से आती है, उसे देखकर वॉचमैन की नजरें बदल जाती हैं और अब वह उसे अलग ही नजर से देखने लगा है।

लगता है ना। अब तुम वॉचमैन की बातें लेकर बैठ जाओ। क्या तुम अब इतनी खाली हो कि तुम वॉचमैन पर भी डिस्कस करोगी?"

यशिका ने चुपचाप करवट बदल ली, लेकिन उसे नींद नहीं आई। उसने ड्राअर से नींद की गोली निकाली। वह खाने ही वाली थी कि राहुल उठ गया, "यह क्या खा रही हो? तुमने फिर से नींद की गोलियाँ खानी शुरू कर दीं?"

सुबह जब यशिका मार्केट के लिए निकली, उसने अपने घर का लॉक खोला। वह पर्स उठाकर बाहर निकलने ही वाली थी कि किसी औरत से टकराते-टकराते बची। औरत अजीब थी। उसकी आँखें अजीब और पीली थीं। और बाल—बाल पूरी तरह सफेद। यशिका पूछना चाहती थी कि वह उसके घर के सामने क्या कर रही है?

"नहीं राहुल, बस आज। मैं रोज नहीं खाती।"

"तुम्हारे डिप्रेशन का कारण है कि तुम बेकार की बातों में अपना मूड खराब करती हो। कितना सबकुछ है करने के लिए। तुम कह रही थीं कि अभी तो बहुत काम करना है घर में!"

"हाँ, मैं कल मार्केट जाऊँगी।"

सुबह जब यशिका मार्केट के लिए निकली, उसने अपने घर का लॉक खोला। वह पर्स उठाकर बाहर निकलने ही वाली थी कि किसी औरत से टकराते-टकराते बची। औरत अजीब थी। उसकी आँखें अजीब और पीली थीं। और बाल—बाल पूरी तरह सफेद। यशिका पूछना चाहती थी कि वह उसके घर के सामने क्या कर रही है? लेकिन वह कुछ पूछ नहीं पाई; क्योंकि उसके दिल की धड़कनें उससे भी ज्यादा तेज दौड़ रही थीं। वैसे भी, यहाँ लोग बहुत अजीब हैं। जब यशिका टकराने वाली थी तो औरत ने पीछे हटना जरूरी नहीं समझा। यशिका को ही 'सॉरी'

बोलना पड़ा। वह लगातार यशिका को घूर रही थी। उसने एक बार भी पलक नहीं झपकाई। यशिका इतनी घबराई हुई थी कि उसे यह तक ध्यान नहीं रहा कि सामने ही लिफ्ट है। वह घबराहट में सीढ़ियों से उतर गई। आधी सीढ़ियाँ उतरने के बाद उसे याद आया कि क्या उसने लॉक लगाया है? यशिका ने दोबारा सीढ़ियों को चढ़ना शुरू किया—एक, दो, तीन, चार और अगले ही मिनट वह गेट के सामनेवाली सीढ़ी पर थी। यशिका सीढ़ियाँ चढ़ते हुए सोच रही थी कि वह उस चेहरे का सामना दोबारा नहीं करना चाहती। काश, कि वह औरत उसे वहाँ न दिखे। अपने दरवाजे के सामने शुरू होनेवाली सीढ़ियों के पास पहुँचकर यशिका ने देखा, दरवाजे के सामने कोई नहीं था। उसने चैन की साँस ली। उसने लॉक चेक किया, लॉक बंद था। लॉक बंद होने के बाद भी वह अंदर तक जाकर एक बार तसल्ली कर लेना चाहती थी। उसने दरवाजा खोला और घर के अंदर घुसी।

यशिका ने दोबारा सीढ़ियों को चढ़ना शुरू किया—एक, दो, तीन, चार और अगले ही मिनट वह गेट के सामनेवाली सीढ़ी पर थी। यशिका सीढ़ियाँ चढ़ते हुए सोच रही थी कि वह उस चेहरे का सामना दोबारा नहीं करना चाहती। काश, कि वह औरत उसे वहाँ न दिखे। अपने दरवाजे के सामने शुरू होनेवाली सीढ़ियों के पास पहुँचकर यशिका ने देखा, दरवाजे के सामने कोई नहीं था।

बालकनी पर जैसे किसी के होने का एहसास था। वह हॉल को पार करती हुई बालकनी तक पहुँची, लेकिन वहाँ कोई नहीं था। अपने ही घर में यशिका को डर लगने लगा था। उसके साथ अजीब हो रहा था। कोई न होने के बाद भी उसे लगा, जैसे वह औरत बालकनी में खड़ी है। यशिका ने दौड़ते हुए गेट बंद किया और वह लिफ्ट के नीचे उतर गई।

उसे बहुत कुछ खरीदना था, लेकिन कहीं उसका दिल नहीं लगता। बस, वह घड़ी में टाइम देख रही थी, जैसे इधर-उधर बस टाइम पास कर रही है। वह सात बजे से पहले घर नहीं जाना चाहती। वह चाहती है कि वह राहुल के साथ ही घर के अंदर घुसे। लेकिन वह राहुल से कैसे कहेगी कि घर में कुछ गड़बड़ है? उसके पास कोई सबूत भी तो नहीं है। राहुल उसकी बात पर विश्वास करेगा कि उसको बहुत अजीब लगता है। और आज तो उसे बहुत अलग एहसास हुआ। उसे बहुत नकारात्मक महसूस हो रहा है। जब से वह उस औरत से मिली है, तब से उसे एक मिनट भी नहीं भूली। जाने क्यों, उसे अपने बेंगलुरु आने पर पछतावा हो रहा है। उसने राहुल को फोन कर दिया है कि मुझे मॉल से पिक कर लेना।

वह कैफे में कॉफी का मग लिये बैठी है। उसकी आँखों के सामने उस औरत की तसवीर आती है और चली जाती है, जैसे कोई फ्लकचुएशन है। बार-बार चीजें रिफ्लेक्ट होती हैं। वह अपना ध्यान बँटाना चाहती है। सामने बैठे लोगों की बातें सुनकर, गुब्बारे से खेलते उस लड़के को देखकर, बाहर गोल-गप्पे वाले को देखकर, वॉचमैन के डंडे को देखकर; पर कुछ भी पहले जैसा नहीं लगता।

वह कैफे में कॉफी का मग लिये बैठी है। उसकी आँखों के सामने उस औरत की तसवीर आती है और चली जाती है, जैसे कोई फ्लकचुएशन है। बार-बार चीजें रिफ्लेक्ट होती हैं। वह अपना ध्यान बँटाना चाहती है। सामने बैठे लोगों की बातें सुनकर, गुब्बारे से खेलते उस लड़के को देखकर, बाहर गोल-गप्पे वाले को देखकर, वॉचमैन के डंडे को देखकर; पर कुछ भी पहले जैसा नहीं लगता। सबकुछ बदल गया है। दिलो-दिमाग पर बस,

एक ही चेहरा चल रहा है। तभी किसी ने उसके कंधे पर हाथ रखा और वह ऊपर से नीचे तक पूरी काँप गई। कंपन के साथ उसकी हलकी सी साँस, जो बाहर निकली, उसमें इतना डर था कि उसे देखकर हाथ रखनेवाला ही डर जाए।

उसने पीछे मुड़कर देखा, राहुल था, "रिलैक्स, मैं हूँ। क्या हुआ? हो गई शॉपिंग?" राहुल ने सामनेवाली कुरसी पर बैठते हुए पूछा, "कब से फोन कर रहा हूँ। फोन क्यों नहीं उठाती हो?"

"सॉरी, मुझे पता नहीं चला।" अटकते हुए यशिका ने जवाब दिया। सामान डिग्गी में डालने के बाद राहुल ड्राइव कर रहा है और यशिका उसके बराबर में बैठी है। यशिका ने सहमी हुई आवाज में राहुल से कहा, "राहुल, अगर मैं तुमसे कुछ कहूँगी तो तुम मेरी बात मानोगे?"

"सॉरी, मुझे पता नहीं चला।" अटकते हुए यशिका ने जवाब दिया। सामान डिग्गी में डालने के बाद राहुल ड्राइव कर रहा है और यशिका उसके बराबर में बैठी है। यशिका ने सहमी हुई आवाज में राहुल से कहा, "राहुल, अगर मैं तुमसे कुछ कहूँगी तो तुम मेरी बात मानोगे?"

"हाँ, बिल्कुल। आज तक ऐसा हुआ है कि मैंने तुम्हारी कोई बात न मानी हो?"

"हाँ, बिल्कुल। आज तक ऐसा हुआ है कि मैंने तुम्हारी कोई बात न मानी हो?"

"नहीं राहुल, यह मजाक नहीं है। मैं सच में पूछ रही हूँ।"

"हाँ भाई, मैं भी सच में ही कह रहा हूँ। हेड ऑफ द फैमिली तो तुम ही हो ना। हमारा क्या है, हम तो सुबह जाते हैं, शाम को आते हैं।"

"राहुल, हम यह घर बदल देते हैं, प्लीज।"

"क्या? पागल हो गई हो क्या? घर बदलना कोई बच्चों का काम है और फिर, हम दोनों ने अपनी मरजी से ही तो यह घर लिया था। तुम तो जानती हो, कितनी अच्छी लोकेशन है! हमारी किस्मत अच्छी थी कि हमें इतने अच्छे दामों पर मिला। पता है न कि ऐसी लोकेशन पर ऐसा फ्लैट दस लाख रुपए ज्यादा में मिल रहा है।"

"वह बहुत अजीब थी। मतलब, बहुत ज्यादा अजीब। उसकी उम्र पचास के आसपास थी और उसके सारे बाल सफेद थे। उसकी पीली आँखें थीं।"
"पचास के आसपास लोग अजीब हो जाते हैं और उनके बाल भी सफेद हो जाते हैं। उनकी आँखों में वह पहले जैसी चमक नहीं रहती है, यशिका।"

"कुछ तो होगा न, जो यह दस लाख रुपए सस्ता है! वहाँ आज मैंने एक औरत को देखा।"

"हाँ, तो?"

"वह बहुत अजीब थी। मतलब, बहुत ज्यादा अजीब। उसकी उम्र पचास के आसपास थी और उसके सारे बाल सफेद थे। उसकी पीली आँखें थीं।"

"पचास के आसपास लोग अजीब हो जाते हैं और उनके बाल भी सफेद हो जाते हैं। उनकी आँखों में वह पहले जैसी चमक नहीं रहती है, यशिका।"

"नहीं; तुम नहीं समझ रहे हो, राहुल। तुम मेरी बात का विश्वास नहीं कर रहे हो। वह हमारे घर के बाहर थी। और पता है, जब मैं लॉक खोलकर अंदर गई तो मुझे लगा कि वह बालकनी में खड़ी है।"

"यार, बंद लॉक में कोई बालकनी के अंदर कैसे पहुँच जाएगा?"

"वही तो मैं कह रही हूँ!"

"तुम्हें वह अच्छी नहीं लगी, इसलिए तुम्हें ऐसा लगा कि वह अंदर है।"

"ऐसा नहीं है, राहुल प्लीज, मेरी बात का विश्वास करो। हम जब से इस घर में आए हैं, चीजें अजीब हो रही हैं।"

"ठीक है, देखते हैं। कल सैटर डे है, फिर संडे। दो दिन की छुट्टी मैं घर पर रहूँगा। अगर वह आती है तो फिर हम बात करते हैं। तुम बार-बार गेट खोलकर देखना, कभी तो आएगी।"

"प्लीज राहुल, मजाक मत करो।" यशिका को इस बात की राहत है कि अगले दो दिन राहुल उसके साथ है। शायद दो दिन के अंदर वह उस चेहरे को भुला पाएगी। इसी उधेड़बुन में वह जाने कब घर पहुँच गई। राहुल ने घर की चाबी माँगी, तब उसे एहसास हुआ कि वह फ्लैट के सामने खड़ी है।

"प्लीज राहुल, मजाक मत करो।" यशिका को इस बात की राहत है कि अगले दो दिन राहुल उसके साथ है। शायद दो दिन के अंदर वह उस चेहरे को भुला पाएगी। इसी उधेड़बुन में वह जाने कब घर पहुँच गई। राहुल ने घर की चाबी माँगी, तब उसे एहसास हुआ कि वह फ्लैट के सामने खड़ी है। वह पर्स में चाबी ढूँढ़ रही है और चाबी ढूँढ़ते-ढूँढ़ते उसकी नजर गेट की दीवार पर बने स्वस्तिक के निशान पर पड़ी, जो उसने आने के बाद बनाया था; लेकिन वहाँ कुछ भी नजर नहीं आता। वह कील भी नहीं, जहाँ उसने एक छोटी सी वॉल हैंगिंग को लटका दिया था। वह बहुत गौर से दीवार को देख रही है। तभी राहुल ने कहा, "चाबी दो न, यार।"

यशिका ने चाबी निकालकर राहुल के हाथ पर रख दी। राहुल ने चाबी गेट में लगाकर घर का दरवाजा खोला और यशिका स्तब्ध रह गई।

घर में पहले जैसा कुछ भी नहीं है। उसने जो इंटीरियर किया, उसने जो फर्नीचर खरीदा, वहाँ कुछ भी नजर नहीं आता। घर बिल्कुल ऐसा दिखता है, जैसा जब वह पहली बार उसे देखने आई थी। कहाँ गया सबकुछ?

पिछले कुछ दिनों में जो सबकुछ हुआ है, धीरे-धीरे उसकी यादों से होता हुआ उसके दिमाग में चलने लगा। कैसे जब उसने दीवार पर अपनी और राहुल की फोटो टाँगी थी। वह टाँगकर मुड़ी ही थी कि तीनों फोटो गिर गईं। तीनों फोटो एक साथ कैसे गिर सकती हैं? और जब फर्नीचर आया था तो उसने बेड अंदर वाले कमरे में लगवा दिया और वह उस पर चादर बिछा रही थी। वह लगभग चादर को गद्दे में पूरी तरह से सेट कर चुकी थी, लेकिन तभी फोन की घंटी बज गई। वह फोन उठाने के लिए बाहर आई; लेकिन जब बात करके अंदर पहुँची तो चादर बेड से उतरी हुई जमीन पर पड़ी थी। और जब वह झाँककर सोफे के नीचे से अंदर की तरफ गिर जानेवाला पेन उठा रही थी तो उसे अपने सिर पर दबाव महसूस हुआ, जैसे वह फर्श और सोफे के बीच में फँस गई है और अपना सिर नहीं निकाल पाएगी। इतनी सारी चीजें एक के बाद एक उसके साथ लगातार हो रही हैं; लेकिन उसने कभी गौर नहीं किया।

पिछले कुछ दिनों में जो सबकुछ हुआ है, धीरे-धीरे उसकी यादों से होता हुआ उसके दिमाग में चलने लगा। कैसे जब उसने दीवार पर अपनी और राहुल की फोटो टाँगी थी। वह टाँगकर मुड़ी ही थी कि तीनों फोटो गिर गईं। तीनों फोटो एक साथ कैसे गिर सकती हैं?

विश्वास दिलाना कितना मुश्किल है! वह राहुल को कभी नहीं समझा पाएगी कि वह क्या महसूस कर रही है। शायद यही कारण है कि वह पूरे दिन बेचैन रहती है, क्योंकि पूरे घर में एक अजीब सा माहौल

होता है। कहते हैं ना, तरंगें होती हैं, जिनसे आपको एहसास होता है कि भाव अच्छे हैं या बुरे। जिस दर्द को वह महसूस कर रही है, उस दर्द को राहुल को वह कभी नहीं बता पाएगी। भूत-प्रेतों को पूरी दुनिया मानती है, लेकिन अगर तुम उनकी बातें करने लगे तो लोग कभी तुम पर विश्वास नहीं करते। तुम्हारे अपने ही उसे वहम बताने लगते हैं। यशिका की आँखें डबडबा रही हैं। भरी हुई आँखों से उसने राहुल की तरफ देखा, क्या वह उस पर विश्वास करता है?

"क्या हुआ, यशिका?"

"कुछ नहीं।" वह कहना चाहती है कि मुझे पूरा घर बदला हुआ दिखता है। घर में पहले जैसा कुछ भी नहीं है। लेकिन वह नहीं कह पाई।

"बाहर क्यों खड़ी हो? अंदर नहीं आओगी क्या?" हँसते हुए राहुल ने कहा। यशिका ने घर के अंदर कदम बढ़ाया तो सबकुछ दोबारा से वैसा ही लगने लगा, जैसा वह छोड़ गई थी।

"कुछ नहीं।" वह कहना चाहती है कि मुझे पूरा घर बदला हुआ दिखता है। घर में पहले जैसा कुछ भी नहीं है। लेकिन वह नहीं कह पाई। "बाहर क्यों खड़ी हो? अंदर नहीं आओगी क्या?" हँसते हुए राहुल ने कहा। यशिका ने घर के अंदर कदम बढ़ाया तो सबकुछ दोबारा से वैसा ही लगने लगा, जैसा वह छोड़ गई थी।

रात में यशिका का गला सूख रहा है। वह पानी पीने के लिए उठी और रसोई तक पहुँची। वह पानी पीकर हॉल से होती हुई कमरे में लौट रही थी कि पूरा कमरा बालकनी के किनारे रखे हुए टेबल लैंप से जगमगा गया। रंग-बिरंगी रोशनी पूरे कमरे में फैली हुई है। उसे बालकनी में आहट महसूस हुई। डरे हुए कदमों से धीरे-धीरे यशिका बालकनी के गेट तक पहुँची। जैसे उसका शरीर जम गया। उसकी साँस रुक गई और वह

ऊपर से नीचे तक काँपने लगी। बालकनी में वही औरत अपने दोनों हाथ बालकनी की ग्रिल पर रखे ऊपर आसमान की तरफ देख रही है। लगभग एक मिनट के बाद यशिका ने अपने थूक को निगला और तभी औरत ने आसमान से अपनी नजर हटाकर धीरे-धीरे यशिका की तरफ मोड़ दी। औरत के चेहरे पर कोई भाव नहीं है। वह बस, अपनी पीली आँखों से यशिका को घूर रही है। यशिका को लगता है, जैसे वह उसे घूरते हुए ही मार डालेगी। यशिका को ध्यान आया कि उसे अपने कमरे में लौट जाना चाहिए। वह भागती हुई अपने कमरे में पहुँची। राहुल गहरी नींद में सोया है, "राहुल··· राहुल···राहुल···"

राहुल ने करवट लेते हुए नींद में 'हम्म' कहा।

"राहुल, देखो न प्लीज, बालकनी में वही औरत है।"

"बालकनी में इतनी रात को कौन आएगा?" कहते हुए राहुल ने करवट ली।

राहुल लापरवाह-सा नींद में बालकनी की तरफ बढ़ गया और एक ही मिनट बाद वह वापस भी आ गया, "वहाँ कोई नहीं है, यशिका।" उसने गुस्से भरी आवाज में कहा, "और तुम सो जाओ, प्लीज। मैं बहुत थक गया हूँ।" यशिका को नींद नहीं आती। वह अपनी आँखें बंद किए बिस्तर पर लेटी है। बंद आँखों के साथ उसने करवट ली।

"प्लीज, देखकर आओ न। प्लीज।"

राहुल लापरवाह-सा नींद में बालकनी की तरफ बढ़ गया और एक ही मिनट बाद वह वापस भी आ गया, "वहाँ कोई नहीं है, यशिका।" उसने गुस्से भरी आवाज में कहा, "और तुम सो जाओ, प्लीज। मैं बहुत थक गया हूँ।" यशिका को नींद नहीं आती। वह अपनी आँखें बंद किए बिस्तर पर लेटी है। बंद आँखों के साथ उसने करवट ली। उसने करवट

लेते हुए हलकी सी आँख खोली। वह औरत अलमारी के कोने में बैठी हुई यशिका की तरफ देख रही है। यशिका ने गहरी साँस ली। उसकी साँस बाहर जाकर अंदर आ पाती, उससे भी कम समय में वह औरत उसके ऊपर आकर बैठ गई और पहली बार यशिका को देखकर वह अपनी आँखों से मुसकराई और एक भारी सी आवाज में उसने कहा, "यह घर मेरा है। तुम्हें जाना होगा।"

सुबह यशिका के घर के बाहर पुलिस है। पार्क में लोग कानाफूसी कर रहे हैं, "714 में एक और औरत मर गई। यह सिलसिला जाने कब तक चलेगा! सोसाइटी प्रेसिडेंट कह रहे थे कि उस फ्लोर को सील कर देंगे।"

□

अ डैड हैप्पी बर्थडे

मैं राहुल। शीशे में आज मेरा चेहरा कुछ बदला-बदला-सा लगता है। एक आदमी, जो मेरे पीछे खड़ा है, अकसर वह मेरे पीछे खड़ा होता है। कभी मेरे साथ बैठा होता है और कभी मेरे साथ टी.वी. देख रहा होता है। बिना बुलाए ही आ जाता है और मैं बिल्कुल उसकी तरह सोचना शुरू कर देता हूँ, ऐसा ही बोलने लगता हूँ। मेरी दाढ़ी के बालों का सफेद रंग मैंने कलर से छुपा लिया है। मेरे बाल मुझसे कहते हैं, "जवान दिखते हो।" जब राधिका को मैंने बताया कि ऑफिस की लड़कियाँ बोलती हैं, "सर, आप बहुत हैंडसम दिखते हैं।" राधिका इस बात पर हँसी थी। उसकी हँसी मुझे पसंद नहीं आई। इसमें हँसनेवाली कौन सी बात है? मैं मुँह बनाकर शीशे को देख रहा हूँ। लेकिन क्या यह मेरा ही चेहरा है, जो मुझे दिखाई दे रहा है? जब जवान था तो कई क्रांतिकारी विचार मेरे अंदर हमेशा सुलगते रहते। मैं दुनिया को, समाज को, रहन-सहन के तरीकों को बदलना चाहता था और उसमें एक और नाम जोड़ दिया जाए तो औरत के लिए कुछ करना। ऐसा नहीं है कि मैं यह सब दिखाने के लिए करना चाहता था। मैं नारी का वास्तव में सम्मान करता हूँ। नारी मेरी नजर में देवी का रूप है। यह मेरे परिवार की मान्यता है, जो मेरे साथ चली आ रही है। सच कहूँ तो मेरे जीवन में मुझे बुरी औरतों का साथ कभी मिला ही नहीं। चारों तरफ अच्छी

महिलाओं से ही मैं घिरा रहा। मेरी दोस्त, मेरी माँ, मेरी दादी, बुआ, बहन और अंत में मेरी पत्नी राधिका। राधिका—बहुत सुलझी, समझदार व पढ़ी-लिखी लड़की।

मेरी और राधिका की अरेंज मैरेज है। देखना-दिखाना तो फॉर्मेलिटी ही होता है। शादी उसी से करनी थी, पर सोचा नहीं था कभी कि इतनी अच्छी पत्नी मुझे मिल जाएगी। सच पूछो तो कभी-कभी मुझे लगता है, मैं उसे डिजर्व नहीं करता। नहीं, नहीं, ऐसा नहीं है। मैं कमाता नहीं हूँ, कमाता हूँ। मेरी कमाई में घर का पूरा खर्च बहुत आराम से चल सकता है; क्योंकि मैं शरीफ आदमी हूँ, जिसके अंदर कोई ऐब नहीं है, न शराब, न सिगरेट, यहाँ तक कि में रजनीगंधा तक नहीं खाता। राधिका थोड़ा सा नाराज होकर ऑफिस गई है, क्योंकि हमारा झगड़ा हो गया था; पर मुझे पता है, वह ज्यादा देर तक मुझसे नाराज नहीं रह सकती। मैंने उससे कहा है, वह नौकरी छोड़ दे, इसलिए नहीं कि मैं उस पर शक करता हूँ? मुझे पूरा विश्वास है उस पर, चाहे वह किसी से अकेले में मिल भी आए तो भी मैं उस पर अविश्वास नहीं कर सकता। मेरे साथ रहनेवाला आदमी मुझसे हमेशा बहस करता है और हमेशा उसकी जासूसी करना चाहता है।

मेरी और राधिका की अरेंज मैरेज है। देखना-दिखाना तो फॉर्मेलिटी ही होता है। शादी उसी से करनी थी, पर सोचा नहीं था कभी कि इतनी अच्छी पत्नी मुझे मिल जाएगी। सच पूछो तो कभी-कभी मुझे लगता है, मैं उसे डिजर्व नहीं करता। नहीं, नहीं, ऐसा नहीं है। मैं कमाता नहीं हूँ, कमाता हूँ। मेरी कमाई में घर का पूरा खर्च बहुत आराम से चल सकता है...

हमारे गाँव में एक डिब्बन लाल था। बहुत बेहूदा-सा दिखनेवाला आदमी। उसकी नाक के बाल बहुत दिखते थे। इतना तेज छींकता कि आसपास के सभी लोगों पर उसकी छींटें पड़तीं। हँसता ऐसे, मानो कोई राक्षस हो। टी.वी. पर 'रामायण' देखते समय रावण के हँसते ही मुझे उसकी याद आ जाती। उसका हँसना किसी को पसंद आ जाए, ऐसा कभी नहीं हुआ। मैं उससे बहुत डरता था। डर उसकी हँसी से नहीं था, डर मुझे उसके व्यवहार से लगता था। जब मैं दादी के साथ बाहर होता, वह सामने पड़ जाता और मेरा गाल खींचते हुए कहता, "और कैसे हो?" तो मैं दादी की साड़ी के पीछे छुप जाया करता। जब तक वह दादी से बात करके चला नहीं जाता, मैं बाहर नहीं आता, झाँककर देखता रहता। हाँ, तो मैं बता रहा था, मैं उसके व्यवहार से डरता था; क्योंकि वह मारता बहुत था। नहीं, नहीं, लोगों को नहीं, सिर्फ अपनी बीवी को।

हमारे गाँव में एक डिब्बन लाल था। बहुत बेहूदा-सा दिखनेवाला आदमी। उसकी नाक के बाल बहुत दिखते थे। इतना तेज छींकता कि आसपास के सभी लोगों पर उसकी छींटें पड़तीं। हँसता ऐसे, मानो कोई राक्षस हो। टी.वी. पर 'रामायण' देखते समय रावण के हँसते ही मुझे उसकी याद आ जाती। उसका हँसना किसी को पसंद आ जाए, ऐसा कभी नहीं हुआ।

जब उसकी बीवी उसे किसी से भी बात करती दिख जाती तो वो बहुत गुस्सा होता। एक बार तो उसने उसे इतना मारा कि उसकी रीढ़ की हड्डी टूट गई और मरते दम तक वह अपने पलंग से नहीं उठ पाई, क्योंकि उसकी बीवी ने अपने मुँह बोले देवर के मजाक का जवाब मजाक से दिया था। मजाक कोई बहुत बुरी चीज थी, जिसे मैं कभी नहीं करना चाहता था। मैं बहुत छोटा था। इन बातों की समझ नहीं थी मुझे। मैंने

दादी से पूछा, "उन्होंने चाची को क्यों मारा?" जब बहुत देर तक मैंने पीछा नहीं छोड़ा तो दादी ने चिल्लाते हुए मुझसे कहा, "ऐसी हरकतें करेगी तो पिटेगी ही। क्या जरूरत है पराए मर्द से बात करने की, जब आदमी को पसंद नहीं है?" दादी की बात सुनकर मुझे लगा कि वाकई में डिब्बन गुनहगार नहीं है। ऐसी बहुत सी बातों के दादी मुझे तरह-तरह किस्से सुनातीं कि औरत को ऐसे रहना चाहिए। आदर्श औरत कैसी होती है? माँ के गुजरने के बाद दादी ही एकमात्र सहारा थी, जो अच्छे-बुरे का सारा ज्ञान मुझे देतीं।

थोड़ा बड़ा होते ही उन्होंने मुझे हॉस्टल भेज दिया। हॉस्टल में पढ़ाई-लिखाई और वहाँ की बातें। कई सारे दोस्त बने, जिनमें कुछ महिला मित्र भी थीं। धीरे-धीरे दादी की कही गई बातों पर परत जमती चली गई। और धीरे-धीरे मैं समझने लगा कि डिब्बन लाल एक छोटी सोच का आदमी था।

थोड़ा बड़ा होते ही उन्होंने मुझे हॉस्टल भेज दिया। हॉस्टल में पढ़ाई-लिखाई और वहाँ की बातें। कई सारे दोस्त बने, जिनमें कुछ महिला मित्र भी थीं। धीरे-धीरे दादी की कही गई बातों पर परत जमती चली गई। और धीरे-धीरे मैं समझने लगा कि डिब्बन लाल एक छोटी सोच का आदमी था।

मैंने अपने अंदर एक अलग विचारधारा को जन्म दिया, जो पूरी तरह से औरत की स्वतंत्रता और उसकी आत्म निर्भरता पर बिना किसी पक्षपात के सोचती थी।

आजकल मेरे साथ जो आदमी रहता है, वह हमेशा मुझे भड़काता रहता है, मेरे मन में शक का बीज बोना चाहता है। मैं उसे ऐसा करने से हमेशा रोकता हूँ, समझाता भी हूँ कि वह मेरी पत्नी है, वह मुझे बहुत प्रेम करती है। आज तक कभी उसने मेरी कोई बात नहीं टाली। उसके लिए

मुझसे ज्यादा जरूरी कोई नहीं, जैसे मेरे लिए उससे ज्यादा जरूरी कोई नहीं। पर वह आदमी अपनी दलीलें देता है, "जमाना कितना खराब है, क्या तुम देखते नहीं? एक्स्ट्रा मैरिटल अफेयर आजकल आम बात हो गई है।" जब भी राधिका का फोन बिजी आता है, जब वह हँसकर फोन पर बात करती है तो वो आदमी कान लगाकर सुनना चाहता है। किससे बात कर रही है? अगर मेरे पास बैठकर उसने किसी का मैसेज रिप्लाई किया तो वह जानना चाहता है, व्हाट्सएप पर कोई स्त्री है या पुरुष वह किससे क्या बात कर रही है? अगर नौ बजे के बाद उसके फोन की घंटी बजी तो वह व्यक्ति चौकन्ना हो जाता है। बार-बार मुझे धकेलता है, देखो, किसका फोन है। किसी से बात करने के बाद वह कहता है, मैं पूछूँ कौन था, और क्या बात हुई? मैं अकसर ऐसी बातें करता हूँ तो वो नाराज हो जाती है। कभी-कभी उसकी आँखें डबडबा जाती हैं। मैं उस आदमी से कहता हूँ, देखो, रुला दिया न तूने मेरी पत्नी को? वह चेहरा बदलता हुआ कहता है, कह दो, मैं मजाक कर रहा था। मैं अपनी पत्नी का दिल नहीं दुखाना चाहता। पर अब मुझे ऐसा लगता है, वह समझने लगी है। उसकी सवालिया नजरें मुझे देखने लगती हैं—क्या मैं उसपर विश्वास नहीं करता? क्या अब मुझे उससे प्रेम नहीं?

जब भी राधिका का फोन बिजी आता है, जब वह हँसकर फोन पर बात करती है तो वो आदमी कान लगाकर सुनना चाहता है। किससे बात कर रही है? अगर मेरे पास बैठकर उसने किसी का मैसेज रिप्लाई किया तो वह जानना चाहता है, व्हाट्सएप पर कोई स्त्री है या पुरुष वह किससे क्या बात कर रही है?

खाने के बाद सोने की तैयारी थी, तभी रात के नौ बजे राधिका के

घर की घंटी बजी। राहुल ने गेट खोला, सामने छह फीट का लंबा-चौड़ा, खूबसूरत नौजवान व्यक्ति खड़ा था। राहुल उसे देखकर मुसकराया, "यस!" उसने हाथ आगे बढ़ाते हुए कहा, "हाय, मैं सक्षम हूँ, राधिका का दोस्त। हम दोनों स्कूल व कॉलेज में साथ थे।"

"कौन है?" कहती हुई राधिका बाहर निकली और उसके चेहरे पर बहुत बड़ी मुसकराहट दौड़ गई। वह एक लंबे अरसे बाद इतनी खुश दिखी थी। मैं देख रहा था और मेरे पीछे खड़ा व्यक्ति भी देख रहा था। उसने मुझे ऐसे देखा, जैसे कह रहा हो, मैंने कहा था न तुमसे! देखो, तुमसे ज्यादा हैंडसम लगता है। औरत के घर से बाहर निकलने पर यही होता है।

"ये राहुल हैं, मेरे हसबैंड।" राधिका ने सक्षम को बताते हुए कहा। मैं सचेत हुआ और मैंने मुसकराते हुए गरदन हिला दी। राधिका चाय बनाने के लिए रसोई की तरफ गई तो मैंने उस आदमी के साथ सक्षम की सारी जाँच-पड़ताल कर ली। कौन से ईयर कितने गहरे दोस्त थे? अगर दोस्त थे तो इतनी रात हमारे घर आने की क्या जरूरत थी? कितनी नजदीकियाँ थीं दोनों में और आज उनकी कितनी बातें होती हैं कि वह घर तक आ गया? वह सबकुछ, जो मुझे मेरे साथ रहनेवाला व्यक्ति बताता गया, मैं पूछता

"कौन है?" कहती हुई राधिका बाहर निकली और उसके चेहरे पर बहुत बड़ी मुसकराहट दौड़ गई। वह एक लंबे अरसे बाद इतनी खुश दिखी थी। मैं देख रहा था और मेरे पीछे खड़ा व्यक्ति भी देख रहा था। उसने मुझे ऐसे देखा, जैसे कह रहा हो, मैंने कहा था न तुमसे! देखो, तुमसे ज्यादा हैंडसम लगता है। औरत के घर से बाहर निकलने पर यही होता है।

रहा। लेकिन सक्षम को मैंने शक नहीं होने दिया। अगर उसने सोचा भी होगा तो उसको यही लगा होगा कि मैं थोड़ा पजेसिव हूँ। मैं हँस रहा हूँ। पूरे कमरे में सिर्फ मेरे ही हँसने की आवाज है। सक्षम बस, थोड़ा सा मुसकराता है। चाय पीते वक्त मैं राधिका और सक्षम दोनों को एक-एक करके देख रहा हूँ और सोच रहा हूँ कि कॉलेज में दोनों की जोड़ी अच्छी लगती होगी! राधिका जब उसकी बात पर हँसती है तो मैं उससे भी ज्यादा तेज हँसकर दिखाता हूँ।

सक्षम चाय पीने के बाद "बहुत देर हो गई" कहते हुए उठकर चला गया, तब तक मैं उन दोनों की पूरी प्रेम कहानी जान चुका था। कॉलेज में जो भी रहा हो, पर अब मैं किसी भी कीमत पर उसे कामयाब नहीं होने दूँगा। एक से भले दो। जो व्यक्ति मेरे साथ है, उसने मुझे समझा दिया है, किस तरीके से मुझे बात को हैंडल करना है।

सक्षम चाय पीने के बाद "बहुत देर हो गई" कहते हुए उठकर चला गया, तब तक मैं उन दोनों की पूरी प्रेम कहानी जान चुका था। कॉलेज में जो भी रहा हो, पर अब मैं किसी भी कीमत पर उसे कामयाब नहीं होने दूँगा। एक से भले दो। जो व्यक्ति मेरे साथ है, उसने मुझे समझा दिया है, किस तरीके से मुझे बात को हैंडल करना है। राधिका मुसकराती हुई गेट बंद करके दरवाजे से मुड़ी ही थी कि मैंने पूछ लिया, "कौन था?"

"स्कूल फ्रेंड था। कॉलेज भी हम साथ ही गए थे।"

"बस, फ्रेंड!"

"बस, फ्रेंड का क्या मतलब होता है, राहुल?" राधिका ने नाराज होते हुए कहा।

"मतलब फ्रेंड से कुछ ज्यादा लगा मुझे।"

"प्लीज राहुल, तुम बेकार की बात मत किया करो। थक गई हूँ मैं सफाई देते-देते। शक का कोई इलाज नहीं है।"

"यह शक नहीं है। तुम जानती नहीं हो, इन आदमियों को, साले सब एक जैसे होते हैं। बताओ, काम शहर में था तो तुम्हारे घर आने की क्या जरूरत थी, वह भी रात को नौ बजे!"

"प्लीज, मैं अभी तुमसे कोई बहस नहीं करना चाहती।" राधिका ने चिल्लाते हुए जवाब दिया। मुझे उसका चिल्लाना बिल्कुल पसंद नहीं है। हम सिर्फ बात कर रहे हैं और उसमें चिल्लाने की क्या जरूरत है?

"राधिका, अगर तुम सोचती हो कि मैं तुम्हारा गुलाम हूँ। तो तुम यह गलत सोचती हो। नपुंसक की जिंदगी मैं नहीं जी सकता।"

"प्लीज, मैं अभी तुमसे कोई बहस नहीं करना चाहती।" राधिका ने चिल्लाते हुए जवाब दिया। मुझे उसका चिल्लाना बिल्कुल पसंद नहीं है। हम सिर्फ बात कर रहे हैं और उसमें चिल्लाने की क्या जरूरत है?

"राधिका, अगर तुम सोचती हो कि मैं तुम्हारा गुलाम हूँ। तो तुम यह गलत सोचती हो। नपुंसक की जिंदगी मैं नहीं जी सकता।"

"अब इसमें नपुंसक वाली बात कहाँ आ गई? तुम हर बात पर इतनी जासूसी करते हो कि मुझे साँस लेना भी मुश्किल हो गया है।" राधिका अपने दोनों हाथों को फेंकते हुए चिल्लाई।

मेरा गुस्सा सातवें आसमान पर था। मेरा दिल कर रहा था कि मैं अभी उसकी गरदन दबाकर उसको हमेशा के लिए अलविदा कह दूँ। लेकिन मैं अपने गुस्से को पी गया। राधिका की भी आँखों में खून उतर

आया था। मैं देख सकता था मेरे लिए उसके दिल में जो नफरत थी। तभी फोन की घंटी बजी और उस पर सक्षम का नाम चमकने लगा। उसके नाम को देखकर राधिका ऐसे मुसकराई, जैसे कुछ हुआ ही नहीं। इतना तेज झगड़ा और गुस्सा जाने कहाँ चला गया। उसकी आँखें चमकने लगीं। वह फोन पर बात कर रही थी, लेकिन मेरे कान सक्षम की आवाज पर थे। उसने हँसते हुए कहा, "सॉरी राधिका, मैं तुम्हारा गिफ्ट देना भूल गया। गिफ्ट गाड़ी में पीछे पड़ा था। आफ्टर ऑल आई नो, कल तुम्हारा बर्थडे है!" राधिका की खिलखिलाहट एक मिनट भी नहीं रुकी। उसने हँसते हुए कहा, "तुम्हें आज भी याद है?" सक्षम ने कहा, "क्यों नहीं, इतिहास में लिखनेवाली तारीखें भूली नहीं जातीं।"

मैं किचन के पास खड़ा था, मैंने कप उठाया और जानबूझकर फर्श पर दे मारा। मैं उनकी आशिकी भरी बातों को और ज्यादा नहीं सुन सकता था। फोन काटकर राधिका ने मेरी तरफ घूरकर देखा, "मुझे डराने की कोशिश कर रही हो?" मैंने भी बोल दिया, "मैं डरनेवालों में से नहीं हूँ।"

मैं किचन के पास खड़ा था, मैंने कप उठाया और जानबूझकर फर्श पर दे मारा। मैं उनकी आशिकी भरी बातों को और ज्यादा नहीं सुन सकता था। फोन काटकर राधिका ने मेरी तरफ घूरकर देखा, "मुझे डराने की कोशिश कर रही हो?"

मैंने भी बोल दिया, "मैं डरनेवालों में से नहीं हूँ।"

"अब इस घर में एक मिनट रुकना भी अपराध लगता है।"

"कल जाती हो, आज ही चली जाओ। मैं सब समझता हूँ, घर से ऑफिस के लिए निकलती हो और क्या-क्या होता है मेरे पीछे से!"

राधिका ने अपने दोनों कान बंद कर लिये और जोर से चिल्लाई, "कुछ तो शर्म करो, मैं तुम्हारी बीवी हूँ।"

मैंने भी चिल्लानेवाले लहजे में बोल दिया, "बीवी हो, तभी तो झेल रहा हूँ।"

"अब बहुत हो चुका है। तुम्हारा जो दिल करेगा, तुम वही इलजाम लगाओगे?" राधिका चिल्लाई।

"इलजाम लगाने के लिए अब कुछ रहा कहाँ है? अरे, किस आदमी को हो गया औरतों का जन्मदिन याद रहता है। कॉलेज छोड़े तुम्हें जमाना और वह अभी भी तुम्हारे लिए गिफ्ट लेकर आया था।"

"अब बहुत हो चुका है। तुम्हारा जो दिल करेगा, तुम वही इलजाम लगाओगे?" राधिका चिल्लाई। "इलजाम लगाने के लिए अब कुछ रहा कहाँ है? अरे, किस आदमी को हो गया औरतों का जन्मदिन याद रहता है। कॉलेज छोड़े तुम्हें जमाना और वह अभी भी तुम्हारे लिए गिफ्ट लेकर आया था।"

"हाँ, लाया था वह मेरे लिए गिफ्ट। तुम्हारे जैसा नीच इनसान नहीं है न! इज्जत करता है वह मेरी।"

"इज्जत दोगी तो इज्जत मिलेगी।"

"डबल मीनिंग बातें मत करो। मेरी बरदाश्त के बाहर हो चुका है।"

"मेरे भी बरदाश्त से बाहर हो चुका है। मैं क्या समझता नहीं हूँ। उससे जैसे हँस-हँसकर बातें हो रही थीं, कभी मुझसे ऐसे हँसकर बात करती हो? झगड़े के बीच भी तुम्हारे चेहरे पर कितनी खुशी थी!"

"तो मैं दुनिया को बताती फिरूँ कि मेरा पति शक्की है। अगर मैं

किसी से मुसकराकर बात करती हूँ तो वह समझता है, मेरा-उसका चक्कर है।"

"मैं, मैं शक्की हूँ! बदचलन औरत"दुनिया में नैन मटक्का करती फिरती है और मुझे शक्की बताती है।" मैंने गुस्से में उसकी गरदन पकड़ ली।

उसने पीछे की तरफ मुझे धक्का दिया और अलमारी खोली। वह अलमारी से अपने कपड़े निकालने लगी, "मुझे यहाँ एक मिनट भी नहीं रहना।"

"मैं, मैं शक्की हूँ! बदचलन औरत"दुनिया में नैन मटक्का करती फिरती है और मुझे शक्की बताती है।" मैंने गुस्से में उसकी गरदन पकड़ ली। उसने पीछे की तरफ मुझे धक्का दिया और अलमारी खोली। वह अलमारी से अपने कपड़े निकालने लगी, "मुझे यहाँ एक मिनट भी नहीं रहना।"

मैंने उसका हाथ पकड़ा और पूछा कि वह कहाँ जा रही है?

उसने मेरे हाथ में झटका मारा। "मैं कहीं भी जाऊँ, तुम्हें क्या मतलब है? मैं तुम्हारी गुलाम नहीं हूँ।"

मैं जानता था, ये सब जो वह कर रही है, नाटक है, दरअसल यह उसके पास जाना चाहती है। जब उसकी आँखों में कोई शर्म का परदा नहीं तो मैंने भी बोल दिया, "मैं जानता हूँ, वहीं जाओगी, अपने यार के पास!"

"हाँ, उसी के पास जाऊँगी।"

इस शब्द के साथ मेरे गुस्से ने अपना आपा खो दिया। मैंने उसका सिर पकड़ा और दीवार में दे मारा। वो सिर पकड़ते हुए नीचे जा गिरी। पूरे जमीन पर खून-ही-खून था, लेकिन मैं नहीं रुका। मैंने टेबल लैंप

उठाया, एक, दो, तीन, चार। मैं उसके सिर पर लगातार वार करता रहा। उसकी साँसें बंद होने के बाद तक भी। वह व्यक्ति, जो हमेशा मेरे साथ था, कुरसी पर बैठा मुसकरा रहा था। उसकी जीत हुई थी, साथ में मेरी भी। तभी मेरे फोन में अलार्म बजा, जो मैंने सुबह ही सेट किया था। बारह बज चुके थे। राधिका की डेट ऑफ बर्थ उसकी डेट ऑफ डेथ बन चुकी थी और मैंने उसके कान में कहा, "हैप्पी बर्थडे।"

□

अपराध का अंजाम

प्रेम किसी को भी बदलने की क्षमता रखता है, यह बात सत्य है; लेकिन इससे भी ज्यादा सत्य यह है कि प्रेम ही किसी को बदलने की क्षमता रखता है। विवेक को देखा जाए तो यह बात सोलह आने सच प्रतीत होती है कि वह बिल्कुल बदल चुका है। वे महफिलें, जिनमें कभी उसे दुनिया का सबसे ज्यादा आनंद अनुभव होता था—शराब, हथियार और योजनाएँ उसे फीकी लगती हैं। वे नई-नई योजनाएँ, जिन्हें उसे सुनाने में अपनी गरदन और ऊँची नजर आती थी, अब वे उसके दिमाग में नहीं आतीं। अब तो वह दूसरों के सुझाए सुझावों पर चलने के लिए हमेशा तैयार रहता है। यह पेशा उसने खुशी से नहीं चुना था। सबकी मजबूरियाँ होती हैं। किसी भी अपराधी से पूछो तो समाज से लेकर परिस्थितियों तक एक लंबी-चौड़ी सूची उसके पास होती है खुद को सही साबित करने की। ज्यादातर अपराधी यही तो करते हैं। लेकिन विवेक का मन जानता है कि थोड़े समय में ज्यादा पैसा कमाने की इच्छा ने उसे इस तरफ धकेल दिया। कहाँ आठ घंटे की नौकरी में सीमेंट और ईंट पकड़ाने का काम और कहाँ गाड़ियों में नकाब लगाकर शिकार ढूँढ़ने का काम। दोनों में अंतर है। दूसरे में आप मालिक हैं और पहले में आप नौकर। मालिक होने का सुख इनसान कैसे छोड़ सकता है ? बस, अपने जमीर से ही तो समझौता करना है और जमीर

वह भी कब तक बोलता है! एक दिन थककर चुप हो जाता है और उसी को सही मान बैठता है, जो उसे दिखाया जाता है।

पर अब विवेक सुधरना चाहता है—अपने लिए नहीं, अपने प्यार के लिए। बिना गृहस्थी के ही उसे गृहस्थी की चिंता सताने लगी है। नैना इंटरमीडिएट स्कूल में पढ़ती है। इस साल उसकी बारहवीं हो जाएगी। उसने कहा है कि जान दे देगी, लेकिन विवेक के अलावा किसी से शादी नहीं करेगी। आजकल उसके पिता उसके लिए लड़का भी देख रहे हैं। वह अपनी बुआ के यहाँ यह कहकर गई है कि विवेक उसके आने से पहले कोई फैसला ले ले। विवेक हमेशा बेचैन रहता है और जल्द-से-जल्द खुद को इतना काबिल बना लेना चाहता है कि वह यह शहर छोड़कर नैना के साथ कहीं भाग भी जाए तो भी उसे कोई दिक्कत न हो। भागने की बाद के योजना उसके पास तैयार है। उसके बाद वह एक साफ-सुथरी नौकरी करेगा। वह कभी सुधर न सका—इसलिए नहीं कि उसने सुधरना नहीं चाहा, बल्कि इसलिए कि इस दुनिया में उसका कोई नहीं था, जिसके लिए वह सुधरे। जब नैना ने पूछा था कि काम क्या करते हो तो उसने कहा था—चोरी। वह हँस पड़ी थी, "चोर तो तुम हो ही।"

पर अब विवेक सुधरना चाहता है—अपने लिए नहीं, अपने प्यार के लिए। बिना गृहस्थी के ही उसे गृहस्थी की चिंता सताने लगी है। नैना इंटरमीडिएट स्कूल में पढ़ती है। इस साल उसकी बारहवीं हो जाएगी। उसने कहा है कि जान दे देगी, लेकिन विवेक के अलावा किसी से शादी नहीं करेगी।

"और सच में मैं चोर निकला तो?"

"मैं तुम्हें गोली मार दूँगी!" और फिर खामोशी। नैना ने विवेक

के कंधे पर सिर रखकर पूछा था, "तुम सच में चोर तो नहीं हो न?" उसी क्षण उसने निश्चित किया था कि एक चौकीदार की ही क्यों न हो, चैन की जिंदगी गुजारेगा और अपने बच्चों को बेहतर भविष्य देगा।

खिड़की से बाहर झाँकते हुए विवेक के कंधे पर शशिधर ने हाथ रख दिया, "और भाई, कहाँ खोया है?" बिना कुछ कहे ही विवेक ने 'न' में गरदन हिला दी और पूछा, "तो कल की पूरी तैयारी हो गई?"

"हाँ; पर कल नहीं, परसों, सहारनपुर। 12/36। सिर्फ बुड्ढे-बुढ़िया ही अकेले रहते हैं। बुड्ढा अंधा है और दो दिन पहले ही उसके किसी मकान का सौदा हुआ है। बहुत पैसा मिला है और अभी तक घर में ही है।" विवेक ने पूछा, "दो दिन बाद क्यों, आज क्यों नहीं?"

"हाँ; पर कल नहीं, परसों, सहारनपुर। 12/36। सिर्फ बुड्ढे-बुढ़िया ही अकेले रहते हैं। बुड्ढा अंधा है और दो दिन पहले ही उसके किसी मकान का सौदा हुआ है। बहुत पैसा मिला है और अभी तक घर में ही है।"

विवेक ने पूछा, "दो दिन बाद क्यों, आज क्यों नहीं?"

"पागल है क्या, कोई योजना भी तो होती है। दो दिन उसके घर की निगरानी करनी होगी कि घर में कोई और तो नहीं है? कोई रिश्तेदार हुआ तो?"

"क्या दिक्कत है! देख लेंगे न।" विवेक ने सामने रखे कट्टे से निशाना लगाते हुए कहा।

"फिजूल में क्या मारना है किसी को! जब प्यार-मोहब्बत से काम हो रहा है।" शशिधर ने बिना रुके विवेक की बात का जवाब दिया।

"प्यार-मोहब्बत ही करनी थी तो डकैती थोड़ी डालते! डकैत हैं हम, समाज-सेवक नहीं हैं। साला यहाँ लगी पड़ी है, तुम्हें प्यार-

मोहब्बत की पड़ी है। आज रात निकलेंगे।" विवेक ने कहा।

जग्गू ने खड़े होते हुए कहा, "बौरा गए हो क्या? ऐसे काम करेंगे तो दो दिन में पकड़े जाएँगे।" जग्गू तीनों में सबसे ज्यादा उम्रदार है और शादीशुदा भी।

"साढ़े दस बजे मिलते हैं। मैं गाड़ी लेकर आ जाऊँगा।" विवेक ने हैंगर पर लटकती हुई अपनी शर्ट उतारी और पहनते हुए कमरे से बाहर निकल गया।

□

रात एक बजे गाड़ी 12/36 के सामने खड़ी है। बिजली का खंभा और उसके बराबर में नीम का पेड़ सालों पुराना लगता है—बहुत गहरा और घना। नीम के पीछे सौ गज में दो मंजिला इमारत खड़ी है। जग्गू गाड़ी स्टार्ट कर घर के बाहर ही खड़ा रहेगा। शशिधर और विवेक छोटी बाउंड्री को फाँदकर मेन गेट तक पहुँच गए। लकड़ी के मेन गेट में चौकोर डिजाइन बने हैं। विवेक ने कट्टे का हत्था उस डिजाइन में दे मारा और डिजाइन दरवाजे से निकलकर अंदर कमरे के फर्श पर जा गिरा। अंदर हाथ डालकर विवेक ने कुंडी खोल दी। शशिधर और विवेक घर के अंदर पहुँच चुके थे। गुप्त सूत्रों से इतना ज्ञात था कि पैसे कहीं नीचे अलमारी में रखे हैं

रात एक बजे गाड़ी 12/36 के सामने खड़ी है। बिजली का खंभा और उसके बराबर में नीम का पेड़ सालों पुराना लगता है—बहुत गहरा और घना। नीम के पीछे सौ गज में दो मंजिला इमारत खड़ी है। जग्गू गाड़ी स्टार्ट कर घर के बाहर ही खड़ा रहेगा। शशिधर और विवेक छोटी बाउंड्री को फाँदकर मेन गेट तक पहुँच गए। लकड़ी के मेन गेट में चौकोर डिजाइन बने हैं।

और दोनों बुड्ढा–बुढ़िया ऊपर वाली मंजिल पर सोते हैं। सीढ़ियाँ बाहर से होती हुई ऊपर जाती हैं। विवेक ने टॉर्च जलाई और दो कमरों की तफ्तीश कर अलमारी ढूँढ़ निकाली। पूरे घर में बस, वही एक अलमारी है। बाकी तो अलमारी के नाम पर सीमेंट की स्लेप को लकड़ी के पल्लों से ढँककर कपड़ों का इंतजाम किया गया है। शशिधर टॉर्च लिये खड़ा रहा और विवेक ने अलमारी का ताला तोड़ दिया। लॉकर खोलकर विवेक सारा पैसा बैग में डाल रहा है। तभी शशिधर के सिर पर किसी ने डंडे से वार किया। शशिधर चिल्लाया, "आह..." और उसकी टॉर्च गिर गई। विवेक ने बिना देरी के पीछे मुड़कर देखा। साफ–साफ दिखाई नहीं देता, पर जिसने डंडा मारा, वह शशिधर की छाती पर बैठकर उसे घूँसे और थप्पड़ों से मार रहा है। विवेक के दिमाग ने काम करना बंद कर दिया। आधे पैसे अभी भी अलमारी में हैं और आधे वह बैग में डाल चुका है। वह सोच रहा है कि यह तो उसकी योजना में ही नहीं था। पर एक अंधा आदमी इतनी फुरती से वार कैसे कर सकता है? उसके पास तो पक्की सूचना थी कि घर में दो ही लोग हैं। उसने फटाफट सारे पैसे अपने बैग में रखे और हड़बड़ाकर इधर–उधर कुछ ढूँढ़ने लगा कि वह सामनेवाले पर वार कर सके। उसे कुछ भी नजर नहीं आया, क्योंकि कमरे में अँधेरा है। तभी उसे याद

विवेक ने टॉर्च जलाई और दो कमरों की तफ्तीश कर अलमारी ढूँढ़ निकाली। पूरे घर में बस, वही एक अलमारी है। बाकी तो अलमारी के नाम पर सीमेंट की स्लेप को लकड़ी के पल्लों से ढँककर कपड़ों का इंतजाम किया गया है। शशिधर टॉर्च लिये खड़ा रहा और विवेक ने अलमारी का ताला तोड़ दिया।

आया कि उसके बैग में तो कट्टा रखा हुआ है। हाथापाई में इस बार शशिधर ऊपर है। शशिधर ने उस दुबले-पतले आदमी को एक चाँटा मारा और अपने सिर को पकड़ते हुए विवेक को इशारा किया, जो अपने बैग से कट्टा निकाल चुका है, "चलो..."

विवेक का दिमाग एकदम सुन्न हो चुका है। शशिधर दौड़ता हुआ मेन गेट की तरफ भाग रहा है, लेकिन उस आदमी ने सँभलते हुए बाहर निकलते विवेक का पैर पकड़ लिया। तभी किसी दूसरे आदमी की आवाज आई, जैसे वह कमरे की तरफ बढ़ रहा हो, "कौन है?...कौन है?" दूसरे आदमी के हाथ स्विच बोर्ड पर टकराए और उसने लाइट जला दी। विवेक का सारा ध्यान लाइट की तरफ मुड़ गया और तभी उस दुबले-पतले व्यक्ति ने, जो जमीन पर था, विवेक का कट्टा छीनने की कोशिश की, पर विवेक का चेहरा देख वह रुक गया। विवेक ने दुबले व्यक्ति की ओर देखा और बुदबुदाया, "नैना...!"

विवेक का दिमाग एकदम सुन्न हो चुका है। शशिधर दौड़ता हुआ मेन गेट की तरफ भाग रहा है, लेकिन उस आदमी ने सँभलते हुए बाहर निकलते विवेक का पैर पकड़ लिया। तभी किसी दूसरे आदमी की आवाज आई, जैसे वह कमरे की तरफ बढ़ रहा हो, "कौन है?...कौन है?"

नैना और विवेक आमने-सामने खड़े हैं। विवेक शर्म से जमीन में गड़ जाना चाहता है। वह पूछना चाहता है, यही तुम्हारी बुआ का घर है? अपनी सफाई देना चाहता है, "मैं यह सब हमारे लिए ही कर रहा हूँ। एक बार पैसा इकट्ठा हो जाए, सब छोड़ दूँगा। तुम ही तो चाहती हो, हमारी जल्द शादी हो।"

शशिधर गाड़ी तक पहुँच चुका था। तभी एक गोली विवेक के सिर को पार करती हुई निकल गई। नीचे लुढ़कते हुए विवेक की आँखें उस चेहरे पर टिक गईं, जिसने उस पर गोली चलाई थी। वह गाड़ी की तरफ देखकर मुसकराया और पैसों से भरा उसका बैग नीचे गिर गया। सामने खड़ी गाड़ी से जग्गू और शशिधर की आवाज आई, "साला अपने साथ हमें भी फँसा देता···वो कोई नया लड़का है, जिसके बारे में तू बता रहा था। उससे बात करते हैं।" अपना कट्टा अपनी दोनों टाँगों के बीच में फँसाकर जग्गू ने गाड़ी से बाहर थूकते हुए कहा। गाड़ी दौड़ते हुए सड़क पर खो गई।

□

एक प्याला खून

जेल की चारदीवारें बहुत ऊँची होती हैं और उन पर चिपकी काई बताती है कि अपराधी आए और गए, वे हमेशा से यहीं खड़ी हैं। उस जेल से सटा हुआ सुधार गृह अपनी पूरी कोशिश करता है कि बच्चों को वह अपराधी बनने की ओर कदम बढ़ाने से रोक सके। टूटे हुए शीशे में राजकुमार अपना चेहरा देख रहा है। हलकी-हलकी दाढ़ी आने लगी है। अब वह खुद को देखकर ज्यादा सजग रहने लगा है। इसलिए नहीं कि वह जवान हो गया है, बल्कि इसलिए उसकी रिहाई का समय नजदीक आ रहा है। और वह नहीं चाहता कि वह कमजोर या कम खूबसूरत दिखे; क्योंकि दीदी उसे इतने दिन बाद देखेगी।

वह चार साल का था, जब माँ छोड़कर चली गईं। बाबूजी हर रात दारू पीते और हर रात मारते। वह कहते थे कि वह नाजायज औलाद है। उनके अनुसार, उन्होंने उसकी माँ को छह साल से नहीं छुआ था, क्योंकि वह एक बदचलन औरत थी। ऐसा बस, बाबूजी ही कहते थे और उनके अलावा कोई और नहीं। और एक दिन बाबू जी भी चले गए, टोले पर बैठते हुए उन साधुओं के साथ, जो पूरा दिन चरस पीते थे। चार-चार दिन हो जाते, राजकुमार को कुछ खाने के लिए न मिलता। अगर पड़ोसियों ने दे दिया तो खा लिया, वरना भूखा ही रहा। नाम 'राजकुमार' होने से कोई राजकुमार नहीं हो जाता। उसके पैदा होते ही उसकी बड़ी

बहन ने उसका नाम राजकुमार रखा था। बहुत प्यार करती थी उससे। वह शादीशुदा थी, पर उसके कोई बच्चा न था। माँ ने मरते समय राजकुमार का हाथ उसकी बड़ी बहन के हाथ में बड़ी आशा के साथ दिया था, लेकिन उसकी भी कुछ अपनी मजबूरियाँ थीं। वह अपने साथ राजकुमार को न ले जा सकी। उसके कंधे और कमर पर लकड़ी से जलने के निशान साफ दिखाते थे कि जिस घर में वह रह रही है, वहाँ सिर छुपाने के लिए उसके पास भी जगह की कमी ही है।

वही बहन राजकुमार के लिए देवदूत थी। वह अपने चार साल के भाई को उँगली पकड़कर अपने घर की दहलीज तक ले आई। जिस राजकुमार ने कभी माँ-बाप का प्यार नहीं देखा था, बहन का प्यार उसे वह खजाना लगा, जिसे वह कभी खोना नहीं चाहता था। जब भी उसका जीजा उसकी दीदी को मारता तो हमेशा उसने सोचा कि उस आदमी को जिंदा नहीं रहना चाहिए।

वही बहन राजकुमार के लिए देवदूत थी। वह अपने चार साल के भाई को उँगली पकड़कर अपने घर की दहलीज तक ले आई। जिस राजकुमार ने कभी माँ-बाप का प्यार नहीं देखा था, बहन का प्यार उसे वह खजाना लगा, जिसे वह कभी खोना नहीं चाहता था। जब भी उसका जीजा उसकी दीदी को मारता तो हमेशा उसने सोचा कि उस आदमी को जिंदा नहीं रहना चाहिए। वह नफरत करता था उससे, उसके चेहरे से, उसकी आवाज से, यहाँ तक कि उसके कदमों की आहट से भी। जब भी जीजा घर आता, या तो वह अलमारी के पीछे या बेड के नीचे छुप जाया करता। दिन गुजरते रहे, राजकुमार बारह साल का हो गया। एक दिन रहस्यमय तरीके से जीजा की मौत हो गई। सुना था, उसका सिर किसी ने डंडे से

फोड़ दिया था। सिर से काफी खून निकला था, लेकिन खून का एक कतरा तक जमीन पर नहीं था। उसी रात राजकुमार और उसकी दीदी उस अध्याय को वहीं खत्म कर, सारा पैसा समेट रात के अँधेरे में गाँव छोड़कर भाग आए।

शहर आकर छोटी सी बस्ती में एक कमरा भी खरीद लिया। राजकुमार को लगने लगा था, वह जिम्मेदार है। दीदी अपना और उसका पेट भरने के लिए सर्दियों में भुट्टा और गरमियों में स्कूल के बाहर चाट बेचती थी। उस रात राजकुमार आधी नींद में था। उसे लगा जैसे दीदी बहुत डरी हुई है। आते ही उसने दरवाजा कसकर बंद कर दिया। बिना अपनी पायल उतारे वह सो गई। अचानक उसके पायलों की आवाज आनी तेज हो गई। रुँधे हुए गले की आवाज राजकुमार के कानों में पड़ रही थी। उसने आँखें खोलीं, घुप अँधेरा था। कुछ देखना नामुमकिन था, पर खिड़की के छेद से आती बाहर की रोशनी में उसने एक साए को दीदी के ऊपर रेंगते हुए देखा। उसने झट से उठकर बत्ती जला दी। आदमी, जो दीदी के ऊपर झुका हुआ था, वही था, जिससे दीदी अकसर घर का सामान लाया करती थीं। उसका राक्षस जैसा चेहरा बहुत घिनौना था और उसकी आँखें, जिन्हें देखकर लगा ही नहीं

शहर आकर छोटी सी बस्ती में एक कमरा भी खरीद लिया। राजकुमार को लगने लगा था, वह जिम्मेदार है। दीदी अपना और उसका पेट भरने के लिए सर्दियों में भुट्टा और गरमियों में स्कूल के बाहर चाट बेचती थी। उस रात राजकुमार आधी नींद में था। उसे लगा जैसे दीदी बहुत डरी हुई है। आते ही उसने दरवाजा कसकर बंद कर दिया। बिना अपनी पायल उतारे वह सो गई।

कि वह दो बेटियों का बाप है, जिसकी एक बूढ़ी माँ भी है, जो गली की लड़कियों को हमेशा शिक्षा देती रहती है। यह वही बाप है, जो अपनी लड़कियों को मोटर साइकिल पर स्कूल इसलिए छोड़कर आता है कि कोने वाली गली में लड़कों का झुंड खड़ा रहता है। जिसने बाहर खड़े हुए अपनी पत्नी की कमर के दिखने पर कई बार उसे डंडे से मारा है, वह दीदी को नोच लेना चाहता था।

राजकुमार के अंदर का पुरुष जाग गया, जो हमेशा ही उसके अंदर के बच्चे को मारता आया था। उसने बिना चिल्लाए, बिना डरे झट से कोने में रखा हुआ डंडा उठाया और उसकी कमर पर दे मारा। वह जोर से चिल्लाया और अपनी कमर पकड़कर भाग खड़ा हुआ। सुबह वह पुलिस के साथ राजकुमार के दरवाजे पर खड़ा था। पर राजकुमार को खुशी थी कि जिस किरदार को उसने अपने अंदर अब तक पाला था, उसे उसने बखूबी निभाया है।

राजकुमार के अंदर का पुरुष जाग गया, जो हमेशा ही उसके अंदर के बच्चे को मारता आया था। उसने बिना चिल्लाए, बिना डरे झट से कोने में रखा हुआ डंडा उठाया और उसकी कमर पर दे मारा। वह जोर से चिल्लाया और अपनी कमर पकड़कर भाग खड़ा हुआ।

गरीब को न्याय मिलना तो जैसे संभव ही नहीं। तीन साल सुधार गृह, जिसका उसे कोई दुःख नहीं था। उसने सबकुछ सह लिया, सिर्फ उस औरत के लिए, जिसके लिए वह ही सबकुछ था और वह उसके लिए। लगातार वह उससे मिलने आती रही, लेकिन पिछले कुछ महीनों से उसने आना बंद कर दिया। राजकुमार की चिंता बढ़ने लगी। चिंताओं ने उसे घेर लिया। कहीं उसे कुछ हो तो नहीं गया? वह ठीक तो है न? कभी-कभी तो यों लगता कि राक्षसों की भीड़ में वह उसे अकेला छोड़ आया है।

आजकल उसे सजा पूरी होने का इंतजार बेसब्री से होने लगा है। हर दिन चिंता और गहरा जाती—कैसी होगी वह? आखिर रिहाई का दिन आया। लगभग घर के रास्ते पर दौड़ते हुए भी उसे ऐसा लग रहा था, जैसे पैरों की कोई गति है ही नहीं। लेकिन एक कमरे के मकान के सामने पहुँचने पर, जैसा वह सोच बैठा था, वैसा तो घर का दरवाजा नहीं लगता था! दरवाजा खुला था। उसकी मरम्मत हो चुकी थी। अभी हाल-फिलहाल बने स्वास्तिक के निशान दरवाजे पर शोभा पा रहे थे। जिसे वह देखना चाहता था, वह कहीं नजर नहीं आ रही थी। बस, एक कुछ महीनों का बच्चा छत से लटके कपड़े के झूले में झूल रहा था। बच्चा चैन की नींद सो रहा था। उसके पास उसका शहद का निप्पल पड़ा था। दिल की धड़कन और तेजी से बढ़ने लगी। दीदी कहाँ गई? क्या हुआ उसे? क्या यहाँ कोई और रहने लगा है? एक बार को दिल बैठ गया। जीवन में अब शायद उस औरत को कभी नहीं देख पाऊँगा, जो मेरे जीवन का एक ही सहारा थी। सुधार गृह से छूटने का भी उसे अफसोस हुआ। क्या करूँगा यहाँ रहकर? इससे अच्छा तो वही था, कम-से-कम चारदीवारी तो थी। कुछ लोग जानते भी थे। वहाँ रहकर एक आस भी थी। कोई बाहर है, जो मेरा अपना है। दिल बैठ गया, साँसों ने साथ छोड़ दिया। साँस कहीं अटक गई थी,

आजकल उसे सजा पूरी होने का इंतजार बेसब्री से होने लगा है। हर दिन चिंता और गहरा जाती—कैसी होगी वह? आखिर रिहाई का दिन आया। लगभग घर के रास्ते पर दौड़ते हुए भी उसे ऐसा लग रहा था, जैसे पैरों की कोई गति है ही नहीं। लेकिन एक कमरे के मकान के सामने पहुँचने पर, जैसा वह सोच बैठा था, वैसा तो घर का दरवाजा नहीं लगता था! दरवाजा खुला था।

जैसे आना ही नहीं चाहती हो। खत्म कर देना चाहती हो अपने आने–जाने का सिलसिला। निर्जीव हाथ–पैर उठने का नाम नहीं ले रहे थे। वही पैर, जिनकी गति दुपहिया को भी मात दे रही थी, उठने में इतने भारी हो गए, जैसे कोई ईंट उसके पैरों से बँधी हो।

तभी 'राजकुमार' आवाज उसके कानों में पड़ी और उसने पीछे मुड़कर देखा, काला, लंबा–चौड़ा सा आदमी दोनों हाथों में थैला लिये खड़ा था। वह पूछना चाहता था कि तुम कौन हो? उससे पहले ही उसने कहा कि "मैं तुम्हारा जीजा।" और झूले की तरफ इशारा करते हुए कहा, "देखो, तुम्हारा भानजा।" राजकुमार के पैरों से जमीन खिसक गई। दीदी ने शादी कर ली। उसे ऐसा नहीं करना चाहिए था। मैं था तो सही उसका ध्यान रखने के लिए। उसे किसी और की जरूरत क्यों है? सब्जी का थैला लिये आदमी अंदर की तरफ मुड़ गया। वह रसोई में अपना थैला जमा रहा था। राजकुमार पीछे–पीछे पहुँच गया। उसके कदमों की आहट सुनकर आदमी ने पूछा, "क्या चाहिए? पानी पियोगे? तुम्हारी दीदी अभी आने ही वाली होगी।"

तभी 'राजकुमार' आवाज उसके कानों में पड़ी और उसने पीछे मुड़कर देखा, काला, लंबा–चौड़ा सा आदमी दोनों हाथों में थैला लिये खड़ा था। वह पूछना चाहता था कि तुम कौन हो? उससे पहले ही उसने कहा कि "मैं तुम्हारा जीजा।" और झूले की तरफ इशारा करते हुए कहा, "देखो, तुम्हारा भानजा।"

इससे पहले कि आदमी कुछ समझ पाता, राजकुमार ने सामने पड़ा चाकू उठाया और झट से उसका गला काट दिया। वह तभी नीचे गिर गया। उसकी गरदन से खून रिस रहा था। राजकुमार ने उसकी गरदन के नीचे कटोरा लगा दिया। कटोरा भरता रहा और आदमी छटपटाता

रहा। धीरे-धीरे उसकी छटपटाहट भी कम होती चली गई। लगभग पंद्रह मिनट के अंदर वह बेजान हो चुका था। राजकुमार ने कटोरा उठाया और बाथरूम की तरफ मुड़ गया।

उसने कटोरे को देखा। उसे अपने पहले जीजा का चेहरा दिखा। दोनों जीजाओं के खून में कोई अंतर नहीं था। अंतर था तो बस, उसकी उम्र में, तब बारह साल का था और अब सोलह। उसने कटोरा अपने सिर पर डालते हुए सोचा, अब वह अपनी दीदी का ज्यादा अच्छे से खयाल रख सकता था। अब सिर्फ वह होगा और उसकी दीदी, तीसरा कोई नहीं। खून राजकुमार के सिर से होता हुआ पानी के साथ नाली में बह गया। राजकुमार साबुन से रगड़-रगड़कर नहा चुका था। तभी बाहर से चिल्लाने की आवाज आई। राजकुमार ने दरवाजा खोला, सामने दीदी खड़ी थी। वह बाथरूम से दीदी को देख रहा था, जैसे उससे ज्यादा खूबसूरत चीज उसने पिछले एक साल से नहीं देखी थी। दीदी के दोनों हाथ उसके मुँह पर लगे थे और उसने रोते हुए कहा, "देख राजकुमार, तेरे जीजाजी अपने हाथ से तेरे लिए खाना बनाने वाले थे।"

उसने कटोरे को देखा। उसे अपने पहले जीजा का चेहरा दिखा। दोनों जीजाओं के खून में कोई अंतर नहीं था। अंतर था तो बस, उसकी उम्र में, तब बारह साल का था और अब सोलह। उसने कटोरा अपने सिर पर डालते हुए सोचा, अब वह अपनी दीदी का ज्यादा अच्छे से खयाल रख सकता था। अब सिर्फ वह होगा और उसकी दीदी, तीसरा कोई नहीं।

राजकुमार ने अपनी दीदी को गले लगाते हुए कहा, "दीदी, तू रो मत। मैं हूँ न।"

□

अँधेरी रात और श्मशान

वीरान, जहाँ कोई आता-जाता न हो। यही तो सच होता है एक श्मशान का। क्या सच में श्मशान में कोई आता-जाता नहीं? तो फिर वे कौन हैं, जो हर दिन वहाँ आते हैं और वहीं के होकर रह जाते हैं? इसीलिए तो लोग डरते हैं रात-बिरात वहाँ जाने से, यहाँ तक कि दुपहरी में भी। वह उसका सामना नहीं कर सकते। कहते हैं, भूत-प्रेतों का साया वहाँ मँडराता रहता है। वह एक ऐसी जगह है, जो दो संसारों को जोड़ती है। हम, जो दिखाई देते हैं; चलते-फिरते हैं और वे, जो दिखाई नहीं देते, लेकिन फिर भी होते हैं और हम से कहीं ज्यादा ताकतवर; पर वे बेवजह अपनी ताकत दिखाते नहीं। तब क्या हो, जब वे अपनी उपस्थिति दरशा दें। वह किसी के भी डर का कारण बन सकता है।

आज अमावस्या की रात है। पूरे गाँव भर में कोई बत्ती भी जलती दिखाई नहीं देती। गाँव के बाहर श्मशान में कई लकड़ियाँ अभी भी सुलग रही हैं। आज सुबह ही तीन लोगों की मौत हो गई। कुत्ते के रोने की आवाज किसी भेड़िए जैसी लगती है और चमगादड़ का शोर उसे और डरावना बना रहा है। चारों तरफ भय का माहौल है। यों तो श्मशान के बाहर एक कोठरी बनी है, जहाँ एक चौकीदार रहा करता है; पर कहीं दिखाई नहीं देता। अँधेरे में एक साया कच्चे रास्ते से होता हुआ श्मशान की तरफ बढ़ रहा है। अँधेरे में आप उसके भय का अंदाजा नहीं

लगा सकते, लेकिन वह बहुत डरा हुआ है।

करण को शर्तें लगाने का बड़ा शौक है। अगर बात भूत-प्रेतों की आए तो न जाने कितनी मनगढ़ंत कहानियाँ पूरे गाँव भर को सुना चुका है; लेकिन आज वह अपनी बनाई हुई कहानियों में ही फँस गया। जब उसने कहा था कि एक रात जब वह गाँव वापस आ रहा था, तब श्मशान की आग जल रही थी और उसने उसी श्मशान की आग से एक आदमी को निकलते हुए देखा। धीरे-धीरे और बहुत से लोग उसके आसपास इकट्ठे होते गए। वे लोग उसके पास से गुजरे और लगभग चार कदम चलने के बाद वे गायब हो गए; लेकिन मजाल है, जो वह टस से मस हुआ हो। जब हम अपनी प्रशंसा खुद करते हैं तो वही प्रशंसा हमारे गले का फंदा बन जाती है। ऐसा ही करण के साथ हुआ है। आज गाँव के सभी लड़कों ने मिलकर उससे कहा है कि वह छगन चाचा की चिता के पास मिट्टी में गड़ी हुई ईंट उठाकर ले आए।

करण को शर्तें लगाने का बड़ा शौक है। अगर बात भूत-प्रेतों की आए तो न जाने कितनी मनगढ़ंत कहानियाँ पूरे गाँव भर को सुना चुका है; लेकिन आज वह अपनी बनाई हुई कहानियों में ही फँस गया। जब उसने कहा था कि एक रात जब वह गाँव वापस आ रहा था, तब श्मशान की आग जल रही थी और उसने उसी श्मशान की आग से एक आदमी को निकलते हुए देखा।

बारह बजने में एक मिनट की देर है। करण के माथे का पसीना उसके कानों के पीछे से टपकता हुआ गरदन तक आ गया है, जबकि रात ठंडी है। उसकी घड़ी की टिक-टिक भी उसके दिल की धड़कन पर गहरा असर छोड़ रही है। उसके सिर पर साफा बँधा है। उसने अपने

फोन की टॉर्च जलाई है। कभी जब रास्ते के आसपास लगे पेड़, हवा से हिलते हैं तो उनका साया भी टॉर्च की रोशनी में हिलता हुआ नजर आता है। इससे करण को तरह-तरह के भ्रम हो रहे हैं। उसके कानों में एक आवाज पड़ी, जैसे झाड़ियों से कोई निकल रहा है। धीरे-धीरे आवाज उसकी तरफ बढ़ती जा रही है। करण के हाथ में लगा फोन पसीने से पूरा गीला हो चुका है। उसके कदम और थूक जैसे जम गए हैं। किसी आनेवाले खतरे की आवाज में उसे अपनी मौत दिखाई देती है। वह अपने दिमाग पर जोर डालता है और सोचता है कि ये झाड़ियाँ नहीं हैं, बल्कि गन्ने के पेड़ हैं और यह सीमा राजेंद्र के खेतों की है। पर वह तो रखवाली के लिए खेत पर रुकता ही नहीं। हो सकता है, नीलगाय हो; पर वह तो तेजी से चलती है और आवाज तो बहुत धीरे-धीरे उसकी तरफ बढ़ रही है। करण अटकलें लगा रहा है। तभी खेत को पार करती हुई आवाज ने उसके ऊपर हमला बोल दिया। करण नीचे की तरफ झुक गया। उसका अंत आ चुका था। लेकिन इतनी जल्दी आएगा, यह उसने नहीं सोचा था। वह तो हर एक तैयारी पहले ही कर आया था। उसके मुँह में 'हनुमान चालीसा' थी। उसके गले में ताबीज था। चूल्हे की राख उसने पहले ही चाट ली थी। दादी कहती थीं कि भूत लोहे से डरते हैं, इसलिए उसने अपने हाथ में चाकू भी पकड़ा था। झुकते हुए

किसी आनेवाले खतरे की आवाज में उसे अपनी मौत दिखाई देती है। वह अपने दिमाग पर जोर डालता है और सोचता है कि ये झाड़ियाँ नहीं हैं, बल्कि गन्ने के पेड़ हैं और यह सीमा राजेंद्र के खेतों की है। पर वह तो रखवाली के लिए खेत पर रुकता ही नहीं। हो सकता है, नीलगाय हो; पर वह तो तेजी से चलती है और आवाज तो बहुत धीरे-धीरे उसकी तरफ बढ़ रही है।

उसका चाकू ऊपर की ओर था। जो उसके ऊपर झपटा था, उसे चाकू लगा और वह उसके सामने गिर पड़ा। करण ने धीरे-धीरे अपनी आँखें खोलीं तो देखा, सामने भूरा था, उसका पालतू कुत्ता। वह गली के कोने तक उसके पीछे आया था, लेकिन उसने उसे भगा दिया था। फिर भी उसने उसका पीछा नहीं छोड़ा।

करण का मन दर्द से भर गया और उससे ज्यादा उसे डर लगा। लोग कहते हैं कि जानवर आनेवाले खतरे को भाँप सकते हैं, यहाँ तक कि वे भूत-प्रेतों के एहसास को भी इनसान से ज्यादा समझने की ताकत रखते हैं। तो क्या भूरा जान गया था ? मेरे लिए यहाँ आना ठीक नहीं।

करण का मन दर्द से भर गया और उससे ज्यादा उसे डर लगा। लोग कहते हैं कि जानवर आनेवाले खतरे को भाँप सकते हैं, यहाँ तक कि वे भूत-प्रेतों के एहसास को भी इनसान से ज्यादा समझने की ताकत रखते हैं। तो क्या भूरा जान गया था ? मेरे लिए यहाँ आना ठीक नहीं।

जाने कितने सवाल करण खुद से कर रहा है। भूरा के दुःख से ज्यादा उसे अपनी जान का खतरा दिख रहा है; जैसे दस कदम दूर श्मशान में मौत उसका इंतजार कर रही है। यह समय रोने का, पछतावा करने का या गड्ढा खोदकर भूरा को गाड़ने का नहीं था। वह सुबह यह काम जरूर कर देगा। यह सोचकर वह श्मशान की तरफ बढ़ गया। ईंट किसी सोने की ईंट से कम नहीं थी, क्योंकि इससे उसकी इज्जत जुड़ी हुई थी। अगर आज वह यह काम न कर सका तो जिंदगी भर के लिए अपनी इज्जत खो देगा और समाज में मजाक का पात्र बना रहेगा।

श्मशान के अंदर आने पर चार कदम सीधा चलने के बाद दस कदम बाएँ हाथ पर छगन चाचा की चिता जलाई गई थी। वह दिन में

आकर देख गया था और उसने ऐसा निशान भी खोज निकाला था, जहाँ निन्यानबे प्रतिशत वह ईंट वहीं गड़ी हुई थी, क्योंकि मिट्टी ताजा थी। उसे बस, वहाँ हलका सा खोदकर उसे बाहर निकालना था। वह चार कदम सीधा चला, तभी उसके कानों में चर्र-चर्र करती हुई आवाज आई, जैसे कोई दरवाजा खोल रहा है। उसके पैर काँपने लगे। श्मशान में दरवाजा! और फिर फटाक! उसकी जोर की आवाज, जैसे हवा से वह बंद हो गया है। उसके दोनों पैर काँप रहे हैं। उसकी आवाज में घिग्घी है। अगर कुछ बोलने का मौका आया तो वह बोल नहीं पाएगा और शायद अब तो भाग भी न सके। उसके अंदर इतनी भी हिम्मत नहीं है कि वह पीछे मुड़कर देख सके कि दरवाजा कहाँ से आया। बिना गरदन मोड़े उसने अपने कदमों को बाईं तरफ मोड़ दिया है। वह बाएँ हाथ पर दस कदम चल रहा है और उसकी गरदन एकदम सीधी है। वह कुछ भी ऐसा नहीं देखना चाहता, जो उसकी जान ले ले। उसकी टॉर्च सामने की तरफ जल रही है। सामने एक पेड़ है, जो आकाश को छूता है। उसने देखा कि सफेद कपड़े पहने एक व्यक्ति उसकी तरफ बढ़ रहा है। उसकी साँस रुक गई। तभी उसे लगा, वह पीछे जा रहा है। फिर वह आगे आया। कभी वह पीछे जाता है, कभी वह आगे आता है और कभी आकाश को छूता हुआ ऊपर तक पहुँच जाता है। जो भी हो, ईंट लाने की इच्छा उसके अंदर से समाप्त हो चुकी है। बाकी बचे

श्मशान में दरवाजा! और फिर फटाक! उसकी जोर की आवाज, जैसे हवा से वह बंद हो गया है। उसके दोनों पैर काँप रहे हैं। उसकी आवाज में घिग्घी है। अगर कुछ बोलने का मौका आया तो वह बोल नहीं पाएगा और शायद अब तो भाग भी न सके। उसके अंदर इतनी भी हिम्मत नहीं है कि वह पीछे मुड़कर देख सके कि दरवाजा कहाँ से आया।

चार कदम तो क्या, वह आधा कदम भी आगे नहीं बढ़ा सकेगा। उसे अपनी छाती पर दबाव महसूस हो रहा है, जैसे किसी ने उसकी छाती को दबा दिया है, जिससे उसकी साँस बाहर निकलने में मुश्किल हो रही है। वह जानता है, किसी खूनी की तरह भूत कभी नहीं मारते। चाकू-गोली का उन्हें इस्तेमाल करने की जरूरत नहीं। उनका तो होना ही मौत होने की निशानी है। लेकिन वह जो सामने है, वह क्या चाहता है? क्या वह उसकी गरदन तोड़ देगा या फिर उसका गला दबाएगा? गला दबाकर पीछे से मार डाले तो ज्यादा बेहतर है, क्योंकि अगर वह उसके सामने आया तो वह उस डर का सामना नहीं करना चाहता। अब जिंदगी जाती है तो जाए, लेकिन जल्दी से। मौत में देर नहीं होनी चाहिए। उसने कभी मरकर नहीं देखा; लेकिन उसे पता है कि मरने के बाद डर खत्म हो जाता है। कृष्ण भगवान् ने ही तो कहा है—आत्मा अमर है, अजर है। तो फिर डर का क्या काम?

उसे रह-रहकर अपने किस्से याद आते हैं, जो उसने कितनी बार सुनाए थे। उसे याद आता है कि वह बचपन से ही भूत की कहानियाँ सुनाता था और सारे बच्चे डर से रोने लगते। उसे बड़ा मजा आता था। क्या अगले जन्म का कोई निर्णय अभी लिया जा सकता है?

उसे रह-रहकर अपने किस्से याद आते हैं, जो उसने कितनी बार सुनाए थे। उसे याद आता है कि वह बचपन से ही भूत की कहानियाँ सुनाता था और सारे बच्चे डर से रोने लगते। उसे बड़ा मजा आता था। क्या अगले जन्म का कोई निर्णय अभी लिया जा सकता है? अगर ऐसा है तो वह आज यह प्रण लेगा कि वह कभी भी किसी को नहीं डराएगा। कितने सारे प्रायश्चित्त उसने यहीं खड़े होकर कर लिये हैं।

सामने वाला सफेद भूत उसकी तरफ बढ़ रहा है। उसमें एक लहर है, जैसे कोई साँप की तरह लहरा रहा है। उसकी ऊँचाई का अंदाजा लगाना मुश्किल है। टॉर्च से देखने पर जहाँ तक करण की नजर जाती है, वह वहाँ तक फैला है। करण जोर-जोर से 'हनुमान चालीसा' का पाठ कर रहा है। वह बार-बार अपने ताबीज को चूमता है। अगर उसका एक प्रतिशत भी बचने का चांस है तो सिर्फ हनुमानजी ही उसे बचा सकते हैं। और तभी किसी ने उसके कंधे पर हाथ रख दिया। पीछे से रोशनी आ रही है और एक परछाईं वह आगे देख सकता है। उसका सिर बहुत बड़ा है। उसकी छाती का दबाव और बढ़ गया। उसकी साँस ने बाहर निकलने से इनकार कर दिया। उसकी साँस धीरे और धीरे, होती जा रही है। उस हाथ में इतना वजन है कि उसे लगा, वो जमीन में धँस जाएगा। धीरे-धीरे उसके पैर जमीन के अंदर जाते जा रहे हैं—और अंदर और अंदर। केवल उसका सिर ही बाहर जमीन से बाहर है। वह पूरा जमीन के अंदर गड़ चुका है। और अब उसका सिर भी जमीन के अंदर ही है। करण दुनिया को अलविदा कह चुका है।

"कौन है, भाई? अरे, नीचे क्यों लेट गए?" चौकीदार ने लालटेन की रोशनी में उसको सीधा कर उसका चेहरा देखने की कोशिश की। पर वह अब दूसरे संसार का व्यक्ति बन चुका है। सुबह चौकीदार पूरे गाँव को तरह-तरह की कहानियाँ सुना रहा है और छगन की चिता से सात कदम दूर पेड़ पर एक सफेद धोती टँगी है, जो किसी चिता से उड़कर पेड़ पर अटक गई है शायद।

□

गुमनाम है कोई

चाय की टपरी के पास भीड़ लगी है। लोग तरह-तरह की अटकलें लगा रहे हैं। चायवाले से पूछताछ करते हुए दो सिपाही वहाँ मुस्तैद खड़े हैं। हुआ यों कि पिछली रात टपरी के बराबर में बने लेखा-जोखा विभाग के दफ्तर में रामधनी सिंह, जो कि एक क्लर्क थे, की चाकू मारकर किसी ने हत्या कर दी। कातिल का सुराग अभी तक नहीं मिल पाया है। तरह-तरह की दलीलें दी जा रही हैं। बहुत से व्यक्ति संदिग्ध हैं। पुलिस पूछताछ कर रही है। कई दफ्तर के आदमियों के अलावा पुलिस के शक की सुई चायवाले पर घूम गई है, क्योंकि इंस्पेक्टर साहब को किसी ने बताया है कि शाम पाँच बजे के बाद चायवाले का एक लड़का, जो मुश्किल से पंद्रह साल का होगा, उनके लिए रोज चाय लेकर आता था। वह आया था और लगभग उसी के आसपास उन्हें मृत पाया गया। बस, उसी की पूछताछ करते हुए दो सिपाही चाय की टपरी पर खड़े हैं। चायवाला ठीक-ठाक बता नहीं पा रहा है कि वह लड़का आज क्यों नहीं आया? बहस आगे बढ़ी और एक पुलिसवाले ने कहा कि तुमने जान-बूझकर उसे भगा दिया। लेकिन वह हाथ जोड़ रहा था कि उसमें उसकी कोई गलती नहीं है। आज उसने पहली बार छुट्टी ली है। वह कभी छुट्टी भी नहीं लेता। सिपाही ने उसके घर का पता पूछा तो उसने कहा कि वह नहीं जानता। अभी तीन महीने पहले से ही उसने काम शुरू

किया है। दूसरे सिपाही ने कर्कश आवाज में उसे डाँटा, "किसी को भी काम पर रख लेते हो क्या?"

सड़क के पार एक लड़का बहुत गौर से यह सब देख रहा है। भय उसकी आँखों में दिखता है। उसकी उम्र भी लगभग वही पंद्रह साल की रही है। वह चाय की दुकान पर जाकर देखना चाहता है कि मामला क्या है? लेकिन उसके कदम जैसे जम गए हैं। वह खुद को किसी शिकंजे में फँसा हुआ महसूस करता है। उसने अपने कान भीड़ के पार सिपाही और चायवाले की बातों पर लगाए हैं; लेकिन वह ठीक से सुनने में असमर्थ है, या यों कहें कि वह कोशिश कर रहा है कि वह मौन को सुन ले। लेकिन वह एक शब्द भी समझ नहीं पा रहा। उसके दिल की धड़कनें हतप्रभ होकर चल रही हैं। उसने सोचा नहीं था कि इसका यह परिणाम होगा या पुलिस उस तक इतनी जल्दी पहुँच जाएगी। उसने तो सुना था कि उसके पास ढेरों काम होते हैं। इतना सा पुलिस स्टेशन, उसमें दस-पाँच लोग क्या शहर भर की निगरानी रख पाएँगे? एक बार तो वह चक्कर लगाकर पुलिस स्टेशन को देख भी आया था। उसे तो कुछ खास नहीं लगा कि उनके पास कोई ऐसी शक्ति होगी, जिससे वह कुछ ही समय में यह पता लगा लें कि किसी ने क्या अपराध किया है? उसने अपने दिमाग पर जोर डाला, राजन तो आज तक नहीं पकड़ा गया। माँ कहती थी कि उसने बहुत बड़े-बड़े अपराध किए हैं। कितनी हत्याएँ की हैं। उनकी तो कोई गिनती ही नहीं।

सड़क के पार एक लड़का बहुत गौर से यह सब देख रहा है। भय उसकी आँखों में दिखता है। उसकी उम्र भी लगभग वही पंद्रह साल की रही है। वह चाय की दुकान पर जाकर देखना चाहता है कि मामला क्या है? लेकिन उसके कदम जैसे जम गए हैं।

गिनती तो छोड़ो, उसका फोटो तो उस दीवार पर भी नहीं लगा हुआ, जहाँ पुलिस स्टेशन में लोगों के दीवार पर फोटो टँग जाते हैं। अचानक आए इस विचार से उसका दिल काँप गया। उसे कौन बचाएगा? कहते हैं कि वकील करने पड़ते हैं! और हथकड़ी लग गई तो? एक बार जेल गए तो बार-बार जाना पड़ता है। हर बात के लिए फिर पुलिस का शक आप पर घूम जाता है। वह आपका नाम एक रजिस्टर में रख लेती है और कोई भी अपराध होता है तो आपको ढूँढ़ निकालती है। यह विचार ही उसे अंदर तक खा जानेवाला था, जैसे काटो तो खून नहीं।

तभी पहला सिपाही अपने हाथ में तंबाकू मसलता, डंडा हाथ में पकड़े, भीड़ को चीरता बाहर निकला। वह एक सरसरी नजर इधर-उधर दौड़ा रहा है। वह आने-जानेवाले स्कूटर, साइकिल, कभी वह बिल्डिंग को देखता है तो कभी अचानक स्टैंड पर खड़ी साइकिल को देखने लगता है। लड़के ने अपनी गरदन झुकाकर अपनी आँखें उस पर टिका दीं। वह नहीं चाहता कि उन दोनों की आँखें टकराएँ और उसे पता चल जाए कि यही वह लड़का है। तभी एक साइकिल सवार लड़के से टकराया और उसकी साइकिल गिर गई। सिपाही का सारा ध्यान इधर-उधर से हटकर लड़के और साइकिलवाले पर टिक गया। लड़के ने साइकिलवाले का सामान उठाकर कैरियर पर जमाया और बीच-बीच में वह पुलिसवाले की ओर

तभी पहला सिपाही अपने हाथ में तंबाकू मसलता, डंडा हाथ में पकड़े, भीड़ को चीरता बाहर निकला। वह एक सरसरी नजर इधर-उधर दौड़ा रहा है। वह आने-जानेवाले स्कूटर, साइकिल, कभी वह बिल्डिंग को देखता है तो कभी अचानक स्टैंड पर खड़ी साइकिल को देखने लगता है।

भी देख रहा था। साइकिलवाले ने सिपाही को देखते हुए अपने दोनों हाथ जोड़ दिए, मानो उसने बिना कहे ही अपनी गलती स्वीकार कर ली हो कि आज के बाद वह कभी किसी को ऐसे चोट नहीं पहुँचाएगा। लेकिन सिपाही को लड़के की आँखें खटक रही हैं। उसके हाव-भाव और उसके चेहरे पर अजीब सी परेशानी दिखती है। वह एक सामान उठाता है तो दूसरा गिर जाता है। जब वह दूसरा उठाता है तो पहला गिर जाता है। लगता है कि वह किसी जल्दबाजी में है। सिपाही ने अपने दिमाग पर जोर दिया कि अगर इसे जल्दबाजी है तो यह यहाँ इतनी देर से क्यों खड़ा था? वह भी एक ही पोजीशन में। सिपाही के दिमाग की घंटी बजी। वह भीड़ को देख रहा था। अगर वह भीड़ को देख रहा था तो उसने पास आकर क्यों नहीं जानना चाहा कि भीड़ के अंदर क्या चल रहा है? वह सड़क की दूसरी तरफ खड़ा होकर भीड़ में क्या झाँकने की कोशिश कर रहा है? और अचानक उसे आभास हुआ कि इसकी उम्र तो उसी लड़के से मिलती है! सिपाही ने तभी अपने साथी को आवाज दी, "चंद्रभान।"

अगर वह भीड़ को देख रहा था तो उसने पास आकर क्यों नहीं जानना चाहा कि भीड़ के अंदर क्या चल रहा है? वह सड़क की दूसरी तरफ खड़ा होकर भीड़ में क्या झाँकने की कोशिश कर रहा है? और अचानक उसे आभास हुआ कि इसकी उम्र तो उसी लड़के से मिलती है! सिपाही ने तभी अपने साथी को आवाज दी, "चंद्रभान।"

चंद्रभान भीड़ को चीरता हुआ बाहर निकला और सिपाही ने चंद्रभान को अंकित किया, लड़का मिल गया। साइकिलवाला तो चला गया, लेकिन लड़का अब तक समझ चुका था कि वह नजरों में आ चुका है।

लड़के ने तेजी से चलना शुरू किया और बीच-बीच में वह अपनी गरदन टेढ़ी करके देख भी लेता है कि कहीं उसके पीछे कोई है तो नहीं? चंद्रभान ने उसे आवाज दी, "ऐ लड़के!" लड़के ने अपने कदमों को और तेज कर दिया और दिखाया कि आवाज उसके ऊपर से होकर निकल गई। 'ऐ लड़के', यह चंद्रभान की दूसरी आवाज थी। दोनों सिपाही सड़क को क्रॉस करके लड़के के पीछे आ चुके थे। उसके तेज कदम मैराथन को भी मात दे रहे थे। सिपाहियों ने भी अपनी चलने की गति बढ़ा दी। चंद्रभान लगभग चालीस के आसपास होगा, लेकिन पहला सिपाही तो उससे भी बड़ी उम्र का दिखते हैं। दोनों की चाल की गति लड़के की चाल की गति से कम ही है। उनका रोज का काम अपराधियों और संदिग्ध लोगों के पीछे भागना ठहरा; लेकिन लड़का किसी पहली बार हुए अपराध से बचकर भाग रहा है। उसकी गति किसी रेलगाड़ी की तरह बढ़ती हुई नजर आती है। धीरे-धीरे वह अपनी रफ्तार पकड़ रही है। जब उसे लगा कि सिपाहियों ने अपनी रफ्तार बढ़ा दी है तो उसने दौड़ना शुरू कर दिया। दोनों सिपाही उसके पीछे दौड़ने लगे। लड़का आगे है, सिपाही उसके पीछे हैं। सिपाही जितना उसके करीब जाने की कोशिश करते हैं, लड़के और सिपाहियों के बीच का फासला उतने ही कदम बढ़ जाता है।

लड़के ने तेजी से चलना शुरू किया और बीच-बीच में वह अपनी गरदन टेढ़ी करके देख भी लेता है कि कहीं उसके पीछे कोई है तो नहीं? चंद्रभान ने उसे आवाज दी, "ऐ लड़के!" लड़के ने अपने कदमों को और तेज कर दिया और दिखाया कि आवाज उसके ऊपर से होकर निकल गई। 'ऐ लड़के', यह चंद्रभान की दूसरी आवाज थी। दोनों सिपाही सड़क को क्रॉस करके लड़के के पीछे आ चुके थे।

लड़का दौड़ रहा है। उसकी साँस फूल रही है। पिछली रात से उसने कुछ नहीं खाया। बस, मारा-मारा फिर रहा है और छुपने की कोशिश कर रहा है। पकड़े जाने का भय कल रात से ही उस पर भारी है। यहाँ तक कि सपने में भी उसने बस, यही देखा कि वह दौड़ रहा है और लोग उसके पीछे दौड़ रहे हैं। वह घबराकर उठ गया था और फुटपाथ से सीधा उठकर चायवाली की टपरी के सामनेवाली सड़क पर आ बैठा। वह टपरी को दूर कर देखता रहा था और अपने मन-ही-मन यह निश्चय कर चुका था कि चाहे कुछ हो जाए, वह आज के बाद ऐसा कोई काम नहीं करेगा। उसे ईश्वर को एक मौका देना चाहिए उसे सुधरने के लिए। यह सोचते हुए सामने बने हनुमानजी के मंदिर में अपने हाथ भी जोड़ दिए थे। मरता क्या न करता, उसके सामने कोई विकल्प नहीं था। अपराधी बनना तय था। लगभग दस बजे तक वह ऐसे ही टपरी के सामने बैठा रहा और धीरे-धीरे टपरी पर भीड़ जमा होती चली गई। आखिरकार, एक पुलिस की गाड़ी—और उन्होंने सारा माजरा समझ लिया। वह बस, दूर से देख रहा था। उसे यकीन था कि इतनी भीड़ में पुलिस कभी यह पता नहीं लगा पाएगी कि वह लड़का वही था। पर जाने कैसे, बिना देखे भी सिपाहियों ने कैसे

लड़का दौड़ रहा है। उसकी साँस फूल रही है। पिछली रात से उसने कुछ नहीं खाया। बस, मारा-मारा फिर रहा है और छुपने की कोशिश कर रहा है। पकड़े जाने का भय कल रात से ही उस पर भारी है। यहाँ तक कि सपने में भी उसने बस, यही देखा कि वह दौड़ रहा है और लोग उसके पीछे दौड़ रहे हैं। वह घबराकर उठ गया था और फुटपाथ से सीधा उठकर चायवाली की टपरी के सामनेवाली सड़क पर आ बैठा।

अंदाजा लगा लिया। आज उसे समझ आया था कि पुलिस के हाथों से कोई नहीं बच सकता।

अम्माँ कहती थी, पुलिस की ट्रेनिंग होती है। वह किसी भी अपराधी को जल्दी-से-जल्दी पकड़ सकते हैं। वह सोचता कि आखिर ऐसी कैसी ट्रेनिंग होती है भला कि हम सबकुछ पता लगा सकते हैं? वह पाँच साल का था, जब अम्माँ की उँगली पकड़े किसी पुलिस स्टेशन में दाखिल हुआ था। बाबा कई दिनों से घर नहीं आए थे और अम्माँ का रो-रोकर बुरा हाल था। आसपास के लोगों ने उससे कहा था कि उसे पास वाले शहर जाकर रिपोर्ट लिखवा देनी चाहिए। उसे याद है, वह कई घंटों तक बाहर बैठकर किसी पुलिसवाले का इंतजार करता रहा था। जब उनका नंबर आया तो उस पुलिसवाले ने एक गिलास पानी दे अम्माँ को चुप कराया और बाबा का सारा हुलिया पूछ लिया तथा कहा कि जैसे ही कुछ पता लगता है, वह जरूर बताएँगे। उसे इस बात पर बिल्कुल भी यकीन नहीं था, पर न जाने क्यों, जब भी कोई गाड़ी गाँव में आती, अम्माँ हैरानी से भागती हुई बाहर आती थी कि कहीं कोई पुलिसवाला तो नहीं आया। जैसे इंतजार में अम्माँ चार दिन में ही थोड़ी और दुबली हो गई थी। फिर एक दिन गाड़ी तो नहीं, एक मोटर साइकिल आई। अम्माँ को पुलिस स्टेशन बुलाया गया था। उसने बोला था, 'अम्माँ' मैं चलूँ?' लेकिन अम्माँ ने मना कर दिया। वह नहीं ले जाएगी। और जब वह पुलिस स्टेशन से

अम्माँ कहती थी, पुलिस की ट्रेनिंग होती है। वह किसी भी अपराधी को जल्दी-से-जल्दी पकड़ सकते हैं। वह सोचता कि आखिर ऐसी कैसी ट्रेनिंग होती है भला कि हम सबकुछ पता लगा सकते हैं? वह पाँच साल का था, जब अम्माँ की उँगली पकड़े किसी पुलिस स्टेशन में दाखिल हुआ था।

वापस आई, बहुत अजीब लग रही थी। वह चप्पल पहनकर घर से गई थी, लेकिन नंगे पाँव थी। उसकी धोती का पल्ला ही कंधे पर बचा था। वह अपने आधे पल्ले को अपने मुँह में छुपाए बिना आवाज के रो रही थी। उससे पहले अम्माँ बहुत तेज चिल्ला-चिल्लाकर रोया करती थी। आसपास सभी उसे चुप करा रहे थे। और वह समझ न सका था। फिर उसे कहीं से पता चला कि बाबा नहीं रहे। बाबा के जाते ही अम्माँ की खाँसी शुरू हुई और ऐसी शुरू हुई कि वह कभी बंद ही नहीं हुई। और एक दिन जब बंद हुई, फिर वह कभी नहीं खाँसी।

वह दस साल का हो चुका था। एक दिन वह छगन चाचा के साथ शहर आ गया। तब से और अब तक बस, भाग रहा है। छगन चाचा ने कहा था, रिक्शा दिलवा देगा। लेकिन रिक्शा मिलना कोई आसान है! देखो, आज वह फँस गया न? पुलिस ने जाने कहाँ से बाबा को खोज निकाला था और आज उसे भी खोज निकाला।

वह दस साल का हो चुका था। एक दिन वह छगन चाचा के साथ शहर आ गया। तब से और अब तक बस, भाग रहा है। छगन चाचा ने कहा था, रिक्शा दिलवा देगा। लेकिन रिक्शा मिलना कोई आसान है! देखो, आज वह फँस गया न? पुलिस ने जाने कहाँ से बाबा को खोज निकाला था और आज उसे भी खोज निकाला। वह दौड़ रहा है—और तेज, और तेज। हाँफते-हाँफते उसकी साँस आनी बंद हो गई है। दोनों पुलिसवाले उसके पीछे हैं।

और तेज, और तेज, दौड़ता हुआ वह जैसे अपनी जिंदगी की दौड़ पूरी कर लेगा। तभी किसी ने आकर उसके पैर में अड़ंगी लगाई और वह धड़ाम नीचे गिर पड़ा। चंद्रभान ने उसे उसकी फटी हुई शर्ट से पकड़कर

ऊपर उठाया, "क्यों बे, सुनाई नहीं देता क्या?"

वह हाथ जोड़ते हुए खड़ा हुआ। उसकी आँखों में आँसू थे। उसने झुककर चंद्रभान के पैर पकड़ लिये, "मैंने कुछ नहीं किया। मैंने कुछ नहीं किया।"

"अरे, तो फिर भाग क्यों रहा है? बोल, क्यों भाग रहा है?" तभी हाँफते हुए पहला सिपाही लड़के के पास पहुँचा और बोला, "बहुत दौड़ाया, भाई! दस साल बाद इतनी तेज दौड़ा हूँ। क्यों क्या खाता है?"

"कुछ नहीं खाया, साहब। कल से कुछ नहीं खाया।" लड़के ने इस सवाल को गंभीरता से लिया और रोकर गिड़गिड़ाने लगा।

"अरे, तो फिर भाग क्यों रहा है? बोल, क्यों भाग रहा है?" तभी हाँफते हुए पहला सिपाही लड़के के पास पहुँचा और बोला, "बहुत दौड़ाया, भाई! दस साल बाद इतनी तेज दौड़ा हूँ। क्यों क्या खाता है?"

"कुछ नहीं खाया, साहब। कल से कुछ नहीं खाया।" लड़के ने इस सवाल को गंभीरता से लिया और रोकर गिड़गिड़ाने लगा।

"अब हम तेरा कल से पहले का भी सारा खाया-पिया निकाल देंगे, चल।" दोनों सिपाहियों ने उसके हाथ पकड़े और खींचकर उसे टपरी की ओर ले जाने लगे।

"जरा सी उम्र में इनके अपराध तो देखिए!" चंद्रभान ने पहले सिपाही की ओर इशारा करते हुए कहा। लड़का सुबक रहा है, लेकिन उसके रोने की आवाज दोनों सिपाहियों में से किसी के कानों में नहीं पड़ी। हर अपराधी की यही पहचान है कि जब तक वह पकड़ा नहीं जाता, तब तक अपने आप को तीस मार खाँ समझता है। और पकड़ लिये जाने पर वह ऐसे दिखाता है, जैसे दुनिया में सबसे ज्यादा लाचार,

गरीब इनसान वही है। सिपाहियों ने कुछ ही मिनटों में टपरी तक की दूरी तय कर ली थी।

भीड़ छँट चुकी थी और टपरीवाले के अलावा एक-दो आदमी वहाँ नजर आते थे। जैसे ही चायवाले की नजर लड़के पर पड़ी, वह उछलकर अपने दाँतों को पीसता हुआ लड़के की तरफ बढ़ा और एक चाँटा लड़के के गाल पर जमा दिया। चंद्रभान ने चायवाले को रोकते हुए कहा, "हम यहाँ खड़े हैं तो तुम्हें पंचायत करने की क्या जरूरत है? मार क्यों रहे हो?"

इतने में ही इंस्पेक्टर साहब दफ्तर से निकलकर बाहर आ चुके थे। चंद्रभान ने सीना चौड़ा करते हुए लड़के को आगे कर दिया, "सर, हमने पकड़ लिया।" यह पूरे कॅरियर में पहला केस था, जो चंद्रभान ने सॉल्व किया था।

इतने में ही इंस्पेक्टर साहब दफ्तर से निकलकर बाहर आ चुके थे। चंद्रभान ने सीना चौड़ा करते हुए लड़के को आगे कर दिया, "सर, हमने पकड़ लिया।" यह पूरे कॅरियर में पहला केस था, जो चंद्रभान ने सॉल्व किया था।

इंस्पेक्टर साहब ने इस बात को कोई तवज्जो नहीं दी और बहुत सहजता से लड़के का हाथ अपनी तरफ खींचा और पूछा, "हाँ, बताओ क्या जानते हो?"

तभी चायवाला कूदा। उसे लगा कि इंस्पेक्टर कुछ समझदार दिखता है। उसने कहा, "साहब, इसे जेल के अंदर डाल दीजिए। यह कल मेरे पूरे दो ब्रेड के पैकेट चुराकर ले गया। इसके चक्कर में शीशी नीचे गिर गई। सारे रस फैल गए। करीब दो सौ का नुकसान हो गया, साहब।"

इंस्पेक्टर साहब ने लड़के के कंधे पर हाथ रखा और पूछा, "चोरी क्यों की?"

"साहब, बहुत भूख लगी थी।" लड़के ने आँखें नीचे करते हुए कहा।

इंस्पेक्टर साहब ने चंद्रभान की तरफ घूरकर देखा और लड़के के कंधे पर हाथ रखते हुए जीप की तरफ आगे बढ़ गए। उनके शब्द सिपाहियों और चायवाले के कानों में पड़ रहे थे, "कहाँ से हो? घरवाले कहाँ हैं? पता है न, चोरी करना गलत बात है! तुम काम की तलाश मत करो···पढ़ना···चाहते··हो···।"

चंद्रभान दूर से आती हुई आवाज को कान लगाकर सुनने की कोशिश कर रहा था। तभी एक आवाज जीप में बैठते हुए इंस्पेक्टर साहब ने चंद्रभान को लगाई और कहा, "चंद्रभान, बिना टाइम खराब किए गुमनाम कातिल को ढूँढ़ने की कोशिश करो।"

□

पुरानी हवेली

यह एक शांत और चिलचिलाती हुई दुपहरी है। आजकल मौसम भी अजीब तरीके के रंग बदल रहा है। हर रात तेज बारिश और दिन में चिलचिलाती धूप। मुंबई जैसे बड़े शहर से आकर इस छोटे से शहर में सिर्फ अमन के माता-पिता को ही नहीं, अमन को भी न जाने कितनी दिक्कतों का सामना करना पड़ रहा है। अमन तो आना ही नहीं चाहता था, पर नानी के यहाँ जिद करके भी ज्यादा दिनों तक नहीं रुक सका। दोस्त छूट गए, स्कूल छूट गया। यहाँ तक कि उसका सबसे पसंदीदा और प्यारा मिट्ठू, उसका तोता, उसे कैसे भूल सकता है! जिसे वह बिल्ली से नहीं बचा सका, काश कि उस दिन उसने पिंजरा खुला न छोड़ा होता और मिट्ठू सोया न होता तो आज वे दोनों साथ होते। बारह साल का अमन अपने पूरे घर में ढूँढ़ता फिरता है, पर कोई ऐसी चीज उसे दिखाई नहीं देती, जिससे उसका दिल बहल सके। सबकुछ तो वही है—वही टी.वी., वही लैपटॉप, वही सी.डी. प्लेयर; पर किसी खेल में कोई मजा नहीं आता। पर बारह साल के बच्चे का दिल भी दुःखी होता है, यह कौन समझता है! सब कहते हैं कि बच्चों का दिल तो यों ही लग जाया करता है। मम्मी-पापा महीने भर पहले ही सीकरी आ गए थे और अमन महीने भर बाद आया। आज पहली बार उसने अपने घर से बाहर कदम रखा है और उसे जो काम दिया गया, वह सिर्फ इसलिए कि थोड़ा

आसपास के लोगों से मिले। उन्हें जाने और देखे कि यह भी खूबसूरत जगह है। काम यह है कि वह जाकर सामनेवाले घर से अपनी छतरी ले आए, जिसे वह आंटी अमन के आने से पहले ले गई थीं।

सड़क पर कोई दिखाई नहीं देता। चिलचिलाती दोपहर के तीन बजे हैं। पेड़ों की छाया भी अपने आप में सिमटी हुई लगती है। अमन के पैर जमीन में धँसे जाते हैं। वह आगे नहीं बढ़ना चाहता, इसलिए नहीं कि उसको काम करने में दिक्कत है, उसके डर की वजह कुछ और है। आजकल उसकी लगभग हर रात बेचैनी से गुजरती है। मुंबई छोड़ने के बाद उसे वैसी नींद कभी नहीं आई। पर एक और समस्या उसके सामने खड़ी हो गई है। उसकी एक खिड़की, जो बाहर सड़क की तरफ खुलती है, वह बिल्कुल उस घर के सामने है, जिसका दरवाजा वह अभी अपने घर से देख रहा है। घर बहुत पुराना है, बिल्कुल किसी महल जैसा। पूरे घर पर गहरे हरे रंग की काई जमी है। और दूर से वह काली दिखाई देती है। उसके बरामदे में एक बड़ा सा पेड़ है। दो मंजिला बने घर में बाहर की तरफ खूँटियों के डिजाइन बने हैं, जो मुंबई में उसने कभी नहीं देखे थे। घर की नीचे वाली मंजिल पर दो पल्ले के दरवाजे को छोड़कर कोई खिड़की नहीं है। लेकिन ऊपर दो खिड़की और एक दरवाजा है। दरवाजा कभी दिन में खुलता हुआ अमन ने नहीं देखा; लेकिन लगातार

सड़क पर कोई दिखाई नहीं देता। चिलचिलाती दोपहर के तीन बजे हैं। पेड़ों की छाया भी अपने आप में सिमटी हुई लगती है। अमन के पैर जमीन में धँसे जाते हैं। वह आगे नहीं बढ़ना चाहता, इसलिए नहीं कि उसको काम करने में दिक्कत है, उसके डर की वजह कुछ और है। आजकल उसकी लगभग हर रात बेचैनी से गुजरती है।

पिछली छह रातों से जब भी तेज बारिश होती है, अमन की आँख खुल जाती है। और जब उसकी आँख खुलती है तो हमेशा उसे एक साया उस दरवाजे से बाहर उसकी छोटी सी बालकनी में दिखाई देता है, जिसकी कमर थोड़ी झुकी है। परछाईं कहती है कि वह कोई बुढ़िया है। जब बारिश होती है, वह एक छतरी को लेकर बाहर निकलती है और बारिश के जाने तक छतरी को पकड़े वहीं बालकनी के कोने में बैठी रहती है। अमन ने कई बार उसे गौर से देखा, पर कुछ दिखाई नहीं दिया। फिर उसने अपनी दूरबीन से भी उसे देखने की कोशिश की है कि उसकी बालकनी में ऐसा क्या है, जो वह हर रात वहाँ आकर बैठती है? बस, उस दिन के बाद अमन का एक ही काम था, उस घर पर नजर रखना। और उसने पता लगा लिया कि वहाँ कोई आता-जाता नहीं है। वह एक सुनसान घर है, जिसकी दीवारें काली हैं। और एक पुराना पेड़, जैसा हर किसी भूतिया घर में होता है।

छह दिन के अंदर अमन ने इस बात पर मुहर लगा दी कि सामनेवाले घर में एक भूत रहता है। लेकिन वह मम्मी से कैसे कहे कि उसे किसी ने बताया नहीं है। लेकिन ये सारी बातें उसे पता हैं कि किसी सुनसान घर में एक बुढ़िया का होना निन्यानबे प्रतीशत किसी भूत होने के होने की आशंका जताता है।

छह दिन के अंदर अमन ने इस बात पर मुहर लगा दी कि सामनेवाले घर में एक भूत रहता है। लेकिन वह मम्मी से कैसे कहे कि उसे किसी ने बताया नहीं है। लेकिन ये सारी बातें उसे पता हैं कि किसी सुनसान घर में एक बुढ़िया का होना निन्यानबे प्रतीशत किसी भूत होने के होने की आशंका जताता है। लेकिन मम्मी इस बात को कभी मानेंगी नहीं। क्यों, बड़ों को हर बात के लिए कोई सबूत चाहिए होता है। उसने तो आज

तक कभी किसी को आते-जाते तक नहीं देखा! अगर इतना बड़ा घर है तो कोई तो होना चाहिए था। हमारा घर तो उससे छोटा है, फिर भी हम तीन लोग रहते हैं और पापा तो रोज ऑफिस जाते हैं, आते भी हैं। मम्मी जब उसकी टी-शर्ट के कॉलर को ठीक करते हुए कह रही थीं—आंटी से नमस्ते करना। वह कहना चाहता था कि 'वह आंटी रोज रात बाहर बैठ जाती हैं और बारिश जाने तक वहीं बैठी रहती हैं। क्या आपको नहीं पता कि वहाँ बिजली तक नहीं? जब पूरी गली में रोशनी होती है, वहाँ एक मोमबत्ती जलती है।' पर वह नहीं कह सका।

अमन की आँखें सामनेवाले दरवाजे पर गड़ी हैं। सड़क पर कोई आता-जाता दिखाई नहीं देता। वह धीरे-धीरे अपने कदम आगे की तरफ बढ़ा रहा है और उसका छोटा सा दिल जोरों से धड़क रहा है। उसे दोनों हाथों में कंपन महसूस होता है। बीच-बीच में वह दोनों हाथों की मुट्ठी बना उन्हें मसल भी लेता है। वह एकटक घर को घूर रहा है और उसी को केंद्रित करके आगे भी बढ़ रहा है। उसे याद आता है कि पापा ने परसों रात ही उससे कहा था, वह बड़ा हो चुका है। वह भी तो बड़ा बनना चाहता है, बिल्कुल पापा की तरह। पापा को आज तक उसने डरते हुए नहीं देखा और भूतों से तो बिल्कुल भी नहीं। कैसे पापा बिना लाइट जलाए ही ऊपर वाली छत पर पहुँच जाते हैं। उसने ही तो जिद की थी सबसे अलग सोने की। यही तो सबसे बड़ा कारण था

अमन की आँखें सामनेवाले दरवाजे पर गड़ी हैं। सड़क पर कोई आता-जाता दिखाई नहीं देता। वह धीरे-धीरे अपने कदम आगे की तरफ बढ़ा रहा है और उसका छोटा सा दिल जोरों से धड़क रहा है। उसे दोनों हाथों में कंपन महसूस होता है। बीच-बीच में वह दोनों हाथों की मुट्ठी बना उन्हें मसल भी लेता है।

कि उसे पापा जैसा बनना था। लड़के कभी नहीं रोते। लड़के कभी नहीं डरते। लड़के बहुत बहादुर होते हैं। भूत उनका कुछ नहीं बिगाड़ सकते। अब वह भी तो पूरे बारह साल का है। सोचते हुए अमन घर की तरफ अपने कदम बढ़ा रहा है। वह सड़क के बीचोबीच है। और तभी एक हॉर्न ने उसका ध्यान भंग कर दिया। वह घबराकर पीछे हटा और स्कूटर वाले ने चिल्लाते हुए अमन को डाँटा, "सुनाई नहीं देता, बिना देखे चल रहे हो?"

स्कूटर के निकलने के बाद वह भूमिका तैयार करने लगा। जिसे वह भूत समझ रहा है, उससे उसका सामना हुआ तो वह अपनी छतरी कैसे माँगेगा? अगर उसका शक सही निकला, लेकिन शक बेबुनियाद भी तो हो सकता है! भूत को छतरी की क्या जरूरत है? क्या वे बारिश में गीला होने से डरते हैं? क्या वे धूप में निकलने से डरते हैं?

अमन सॉरी बोलना चाहता था, पर वह अपने दिमाग से सामनेवाले घर को हटा नहीं पाया।

स्कूटर के निकलने के बाद वह भूमिका तैयार करने लगा। जिसे वह भूत समझ रहा है, उससे उसका सामना हुआ तो वह अपनी छतरी कैसे माँगेगा? अगर उसका शक सही निकला, लेकिन शक बेबुनियाद भी तो हो सकता है! भूत को छतरी की क्या जरूरत है? क्या वे बारिश में गीला होने से डरते हैं? क्या वे धूप में निकलने से डरते हैं? उसने बहुत से किस्से सुने हैं, लेकिन उसने यह किसी भी किस्से में नहीं सुना कि धूप और बारिश का भूतों से कोई संबंध है! इसी कशमकश में अमन दरवाजे के सामने पहुँच गया। वह भी सोच ही रहा था कि दरवाजा बजा दे या फिर वापस लौट चले। मम्मी से बोल देगा कि कोई था ही नहीं। यह योजना उसे सबसे ज्यादा

अच्छी लगी। वह मुड़ने ही वाला था कि गेट खुल गया।

सामने एक बुढ़िया थी। बुढ़िया के सारे दाँत टूटे हैं। चेहरे पर झुर्रियाँ हैं और कमर झुकी है। उसने सफेद रंग की बिंदी वाली साड़ी पहनी है। उसके सफेद बाल करीने से कढ़े हैं। छोटी व पतली चोटी उसकी गरदन के पास लटक रही है। तुलसी के बीजों की एक माला उसके गले में पड़ी है, जिसके ऊपर चंदन का टीका है।

"कौन हो, बेटा?" उसने हलकी सी मुसकराहट के साथ अमन से पूछा।

अमन ने हकलाते हुए जवाब दिया, "मैं, मम्मी···नहीं···नहीं, मैं अमन। छतरी ने भेजा है।···नहीं··· मम्मी ने भेजा है छतरी लेने के लिए।" और उसे तभी अहसास हुआ कि मम्मी ने कहा था, नमस्ते करना। यह कहते हुए अमन ने अपने दोनों हाथ जोड़ दिए, "नमस्ते, आंटीजी।"

"कौन हो, बेटा?" उसने हलकी सी मुसकराहट के साथ अमन से पूछा। अमन ने हकलाते हुए जवाब दिया, "मैं, मम्मी···नहीं··· नहीं, मैं अमन। छतरी ने भेजा है।···नहीं···मम्मी ने भेजा है छतरी लेने के लिए।" और उसे तभी अहसास हुआ कि मम्मी ने कहा था, नमस्ते करना। यह कहते हुए अमन ने अपने दोनों हाथ जोड़ दिए, "नमस्ते, आंटीजी।"

बुढ़िया का पूरा शरीर हिल रहा है। जैसे वह अपने शरीर को सँभालने की कोशिश कर रही है। उसने अपने हिलते हुए शरीर को नियंत्रित करने की कोशिश की और अपना एक हाथ अमन की तरफ बढ़ाकर अमन के कंधे को छू लिया। हाथ एकदम ठंडा था, जैसे कोई बर्फ की सिल्ली हो। ठंडक से अमन को थोड़ी सिहरन हुई और न चाहते हुए भी उसने अपने कंधे को थोड़ा सा टेढ़ा कर लिया, जैसे वह नहीं चाहता कि बुढ़िया उसे छुए।

"अंदर आओ। क्या नाम है तुम्हारा?" उसने अमन के साथ-साथ चलते हुए पूछा।

"अमन।" धीमी सी आवाज में अमन ने कहा।

बुढ़िया ने सोफा झाड़ उस पर अमन को बिठाते हुए कहा, "बैठो, मैं तुम्हारे लिए कुछ बना रही थी। मुझे पता था, तुम आज आओगे। कुछ खाओगे?"

अमन ने अपनी गरदन न में हिला दी, "मम्मी को जाना है। उन्होंने छतरी माँगी है।" वह कुछ रुका और फिर से बोला, "हमारी काली छतरी।" बुढ़िया अपने पोपले मुँह से हँसी और उसने कहा, "मेरे पास तुम्हारी कोई छतरी नहीं है।" अमन ने अपने आप को सामान्य दिखाते हुए सोचा, कितना झूठ बोलती है। हर रात तो मैं देखता हूँ, काली छतरी लेकर बालकनी में बैठी रहती है।

अमन ने अपनी गरदन न में हिला दी, "मम्मी को जाना है। उन्होंने छतरी माँगी है।" वह कुछ रुका और फिर से बोला, "हमारी काली छतरी।" बुढ़िया अपने पोपले मुँह से हँसी और उसने कहा, "मेरे पास तुम्हारी कोई छतरी नहीं है।" अमन ने अपने आप को सामान्य दिखाते हुए सोचा, कितना झूठ बोलती है। हर रात तो मैं देखता हूँ, काली छतरी लेकर बालकनी में बैठी रहती है।

"नहीं, मम्मी कह रही थीं कि आपको दी थी उन्होंने।"

इस बात का बुढ़िया ने कोई जवाब नहीं दिया और अमन से पूछा, "तुम नए आए हो यहाँ?"

"हाँ, मैं तो अभी आया हूँ। मम्मी-पापा पहले आए थे।"

"हाँ; पहले इतना प्यारा चेहरा नहीं देखा मैंने, इसलिए पूछा।"

कहते हुए बुढ़िया ने अमन की ठोड़ी को पकड़कर हिलाया। वह रसोई की तरफ मुड़ गई और पूछा, "सामनेवाला घर ?"

"हाँ।" अमन ने हाँ कहते हुए अपनी पूरी नजर घर में दौड़ा दी। टेबल पर दो चाकू रखे थे, जो बहुत बड़े और बहुत पुराने थे। दीवार पर एक शेर की तसवीर थी और अंदर वाले कमरे से रंग-बिरंगी लाइटों के जलने की रोशनी आ रही थी। घर में हर तरफ धूल थी। पर टेबल पर जो फूल रखे थे, वे एकदम ताजा दिख रहे थे। बुढ़िया रसोई में थी। एक छोटी और गंदी सी गुड़िया बराबर वाली कुरसी पर बैठी थी। अमन की नजर जैसे ही उस पर पड़ी, वह डर गया। उसे लगा कि वह उसे घूर रही है। गुड़िया के ऊपर वाली दीवार पर एक तसवीर टँगी है, जिसमें एक छोटी लड़की है। गुड़िया ने बिल्कुल वैसे ही कपड़े पहने हैं, जैसे उस लड़की ने। घर में कोई और नहीं है शायद! सोफे से उठकर दबे पाँव धीरे-धीरे अमन रसोई में झाँकने पहुँचा। उसने देखा कि बुढ़िया तेजी से कुछ काट रही है। पर उसे ठीक से दिखाई नहीं दिया कि क्या? इससे पहले कि बुढ़िया को यह पता चलता कि अमन उसके पीछे है, उसने सोच लिया कि छतरी जरूर ऊपर रखी होगी! वह भागकर छतरी ले आएगा और दरवाजा खोलकर सीधा अपने घर पहुँच जाएगा। वह दबे पाँव सीढ़ियों पर बढ़ रहा है।

"हाँ।" अमन ने हाँ कहते हुए अपनी पूरी नजर घर में दौड़ा दी। टेबल पर दो चाकू रखे थे, जो बहुत बड़े और बहुत पुराने थे। दीवार पर एक शेर की तसवीर थी और अंदर वाले कमरे से रंग-बिरंगी लाइटों के जलने की रोशनी आ रही थी। घर में हर तरफ धूल थी। पर टेबल पर जो फूल रखे थे, वे एकदम ताजा दिख रहे थे। बुढ़िया रसोई में थी।

पर जाने क्यों, उसे लगता है कि सीढ़ियाँ खत्म ही नहीं होंगी। वह चल रहा है—और तेज; और तेज; और हाँफने लगा। इतना वह तब भी नहीं हाँफता था, जब मुंबई में उसका फ्लोर नौवीं मंजिल पर था और सीढ़ियों पर वह दौड़कर चलता था। फूलती हुई साँस से वह ऊपर पहुँचा। ऊपर वाली मंजिल पर बस, एक ही बड़ा कमरा दिखाई देता है। उसमें एक दरवाजा और दो खिड़कियाँ हैं। और एक सिल्वटों भरा पुराना बिस्तर। अपनी जिज्ञासा मिटाने के लिए वह उस मोमबत्ती को ढूँढ़ लेना चाहता है, जो लगभग हर रात जलाई जाती है; पर वह कहीं नजर नहीं आ रही। बस, दीवार पर एक पुराने फ्रेम में एक फोटो नजर आती है, जिसमें वह बुढ़िया जवान दिखती है। अचानक उसे याद आया कि उसे बाहर जाकर देखना चाहिए, जरूर छतरी वहीं रखी होगी। और उसने झट से दरवाजा खोल दिया। छतरी को खोज निकालने से ज्यादा उसके लिए यह जरूरी था कि बालकनी में ऐसा क्या था, जहाँ बरसात में छतरी लेकर बैठा जाए। जैसे ही उसने दरवाजा खोला, अपनी नजर बालकनी के उस कोने में घुमाई।

अपनी जिज्ञासा मिटाने के लिए वह उस मोमबत्ती को ढूँढ़ लेना चाहता है, जो लगभग हर रात जलाई जाती है; पर वह कहीं नजर नहीं आ रही। बस, दीवार पर एक पुराने फ्रेम में एक फोटो नजर आती है, जिसमें वह बुढ़िया जवान दिखती है। अचानक उसे याद आया कि उसे बाहर जाकर देखना चाहिए, जरूर छतरी वहीं रखी होगी।

उसके चेहरे पर एक बड़ी सी मुसकराहट थी। जैसे खोया हुआ कोई खजाना उसके सामने था। वह सबकुछ भूल गया। छतरी, बुढ़िया, भूतिया घर, सबकुछ। बस, वह बालकनी का कोना निहार रहा है। फिंगर्स क्रॉस,

उसे विश्वास नहीं होता! बालकनी के कोने में रेलिंग पर एक छोटा सा घोंसला, जिसमें दो प्यारे मिट्ठू। धीरे-धीरे मुसकराता हुआ वह घोंसले की तरफ बढ़ गया। उनके पंख अभी निकलने शुरू हुए हैं। वे हलके-हलके अपने पंख फैलाते हैं और चहकने की कोशिश करते हैं और कुछ खाने के लिए इधर-उधर मुँह घुमाते हैं। अमन को याद आता है कि जब वह अपने मिट्ठू को लेकर आया था तो वह भी तो बिल्कुल ऐसा ही था। और फिर वह जहाँ जाता, मिट्ठू साथ-साथ जाता। कितनी प्यारे दिन थे वे, जब उसने मिट्ठू को 'मिट्ठू' का नाम बोलना सिखाया था। मिट्ठू ने तो अमन का नाम बोलना भी शुरू कर दिया था।

अमन बच्चों को छूने ही वाला था कि उसे कंधे पर किसी के हाथ रखने का अहसास हुआ। उसने पीछे मुड़कर देखा, बुढ़िया मुसकरा रही थी, "तुम लेकर जाओगे अपने साथ? इनकी माँ मर गई। तुम्हें मिट्ठू बहुत पसंद था न?"

अमन बच्चों को छूने ही वाला था कि उसे कंधे पर किसी के हाथ रखने का अहसास हुआ। उसने पीछे मुड़कर देखा, बुढ़िया मुसकरा रही थी, "तुम लेकर जाओगे अपने साथ? इनकी माँ मर गई। तुम्हें मिट्ठू बहुत पसंद था न?"

"हाँ, लेकिन वह तो मुंबई में था। ये तो आपके हैं न?"

"नहीं, अब तुम्हारे हैं। थक गई हूँ इनको गरमी और बरसात से बचाते-बचाते।"

अमन ने अपनी दोनों मुट्ठियों को आपस में भींच लिया और एक बड़ी सी मुसकराहट के साथ पूछा, "सच!"

"हाँ, सच।"

अमन ने घोंसला अपने दोनों हाथों में उठा लिया और नीचे की तरफ भागा। वह इतनी तेज और इतने उत्साह में भागा कि उसे याद ही नहीं रहा कि वह वहाँ क्यों गया था? लेकिन उस पुराने घर से निकलते हुए उसने एक नजर बालकनी की तरफ देखा। वह आंटी तो अभी भी वहीं खड़ी होंगी! लेकिन दरवाजा बंद था और वहाँ कोई नहीं था।

अमन भागता हुआ घर के अंदर पहुँचा, "मम्मी, मम्मी! देखो, मुझे दो पैरेट मिले।"

मम्मी ने पूछा, "लेकिन छतरी कहाँ है?"

"मम्मी, छतरी उनके पास नहीं है।"

"किसके पास नहीं है। वह तो छतरी अभी लौटा गईं। तुम कहाँ गए थे छतरी माँगने?"

"सामनेवाली आंटी के पास।" अमन घोंसले की तरफ देखकर मुसकराया।

"उस घर में तो कोई नहीं रहता। वहाँ एक अम्माँ रहती थीं। वह तुम्हारे आने से एक दिन पहले ही भगवान् के पास चली गईं।" कहते हुए अमन की मम्मी ने घर की तरफ डरी हुई नजर दौड़ा दी।

अमन ने मम्मी की बातों पर कोई ध्यान नहीं दिया। वह अपने घर में ऐसी जगह तलाश रहा था, जहाँ वह घोंसला रख सके। फिर किसी रात अमन ने उस घर में कभी मोमबत्ती जलती हुई नहीं देखी।

□

आए सदा विरानों से

हलकी बारिश होने के बाद इंद्रधनुषी मौसम है। हलकी-हलकी धूप खिली है और ठंडी तेज हवाएँ चल रही हैं। यह जगह शहर से ज्यादा दूर नहीं है, पर यहाँ शहर की भीड़भाड़ से अलग एकांत और शांति का माहौल है। घने पेड़ और उन पेड़ों के बीच में यह झील, प्राकृतिक नहीं है, यहाँ से बड़े-बड़े पत्थर उठाए गए, तो एक बहुत बड़ा गड्ढा यहाँ बन गया, बस वहीं पानी भरता है। उसने झील का रूप ले लिया। कोई नहीं जानता कि वह कितना गहरा है। कई लोगों की मौत भी हो चुकी है, जो घूमने की लिहाज से आते हैं और पानी की गहराई जाने बिना ही उसमें उतर जाते हैं।

एक घने पेड़ के नीचे अतुल बैठा है। यह उसका सबसे पसंदीदा स्थान है। जब भी उसका मन शहर से उछटता है। वह भागकर इसी कोने में आ बैठता है और यहाँ शांति से कुछ घंटे गुजारता है। उसे झील में नहाने या पानी में उतरने का कोई शौक नहीं है। वह तो बस अपनी डायरी और पैन लिये यहाँ घंटों बैठा रहता है। वह पेशे से लेखक नहीं है, पर लिखना उसे अच्छा लगता है। कभी यों ही अपने विचारों को डायरी में उतार लिया। और जब माहौल ऐसा हो तो उसका पैन खुद-ब-खुद चलने लगता है। चौबीस साल का अतुल बेहद खुशमिजाज है। अकसर वह कविताएँ लिखता है, प्रेम में डूबी हुई कविताएँ; कहते हैं

कविताएँ लिखने के लिए प्रेरणा होनी चाहिए, पर उसके जीवन में कभी कोई लड़की नहीं रही। जब वह अपने दिमाग पर जोर डालता है, तो उसे याद आता है कि जब वह बारहवीं में था तो आकांक्षा उसे देखकर मुसकराई थी। उसने जाने कितने सपने भी सजा लिये थे। फिर कहीं से उसने सुना कि आकांक्षा और विजय एक-दूसरे को पसंद करते हैं। बस उसकी छोटी सी प्रेम कहानी यहीं खत्म हो गई। पर वह कल्पना जरूर कर लेता है कि खूबसूरत सी लड़की जो उसे समझे, जो उसकी कविताओं से मेल खाती हो, उसके जीवन में किसी दिन अचानक आ जाएगी।

वह अपनी डायरी में डूबा हुआ है, तभी उसे लगा कि सामने कुछ आहट है। उसने नजर उठाकर देखा तो पंद्रह बीस कदम की दूरी पर एक लड़की उसकी ओर चली आ रही थी। वो उसे इंगित करके नहीं चल रही है, न ही उन दोनों की नजर टकराई है। उसने खूबसूरत पीले रंग का कुरता पहना है। पीला रंग उस पर जच रहा है। न बहुत गोरी, न बहुत साँवली, लंबी सी चोटी उसके गरदन पर झूल रही है।

वह अपनी डायरी में डूबा हुआ है, तभी उसे लगा कि सामने कुछ आहट है। उसने नजर उठाकर देखा तो पंद्रह बीस कदम की दूरी पर एक लड़की उसकी ओर चली आ रही थी। वो उसे इंगित करके नहीं चल रही है, न ही उन दोनों की नजर टकराई है। उसने खूबसूरत पीले रंग का कुरता पहना है। पीला रंग उस पर जच रहा है। न बहुत गोरी, न बहुत साँवली, लंबी सी चोटी उसके गरदन पर झूल रही है। आँखें बड़ी और गहरी हैं। अतुल हैरानी उसे देख रहा है। बारिश होने के बाद किसी खूबसूरत लड़की को देखना, बिल्कुल ऐसा ही है, जैसे बारिश

होने के बाद किसी धुले हुए फूल को देखना, एकदम तरोताजा। कैसे वो एकदम बारिश होते ही तरोताजा लगने लगता है! स्त्री है तो प्रेम है। अगर स्त्री न हो तो सुंदरता न हो। और सुंदरता न हो तो प्रेम की परिभाषा क्या होगी? कहते हैं खूबसूरत चीजें आकर्षित करती हैं। अगर ईश्वर ने सबसे खूबसूरत चीज बनाई है तो वो स्त्री ही है। कैसा वीराना हो अगर दुनिया में केवल पुरुष ही हों तो सिवाय काम के दुनिया में कुछ न रह जाएगा।

इधर-उधर देखती हुई, वह धीरे-धीरे अतुल की तरफ बढ़ रही है। अतुल के लिए तो अच्छा ही है कि उसने अभी अतुल को देखा नहीं, क्योंकि अगर उसने नहीं देखा है तो अतुल उसे जी भरकर देख सकता है। नजर मिलेगी तो उसे नजर झुकानी पड़ेगी। यों आप किसी को घूर-घूरकर नहीं देख सकते न। अतुल को लगा जैसे वह उसी के करीब आ रही है तो उसने अपनी निगाहें अपनी डायरी में घुसा दीं कि अब अगर उसने उसे देखा तो जान जाएगी कि अतुल सारा काम छोड़कर सिर्फ उसे देख रहा है। वह धीमे कदमों से चलती हुई अतुल के पास आकर खड़ी हो गई। उसने कहा, "एसक्यूज मी" और अतुल ने ऐसा दिखाया कि उसने अभी देखा कि कोई उसके पास खड़ा है। अतुल ने उसे देखा और सोचा कि पास से ज्यादा खूबसूरत लगती है, "कैन आई सीट हेयर?"

इधर-उधर देखती हुई, वह धीरे-धीरे अतुल की तरफ बढ़ रही है। अतुल के लिए तो अच्छा ही है कि उसने अभी अतुल को देखा नहीं, क्योंकि अगर उसने नहीं देखा है तो अतुल उसे जी भरकर देख सकता है। नजर मिलेगी तो उसे नजर झुकानी पड़ेगी। यों आप किसी को घूर-घूरकर नहीं देख सकते न।

"ऑफ कोर्स" और अतुल ने अपनी आँखें दोबारा डायरी में घुसा

दीं। लेकिन वह डायरी में कुछ लिख नहीं रहा है। वह यह सोच रहा है कि शहर से थोड़ी दूरी पर ही सही, पर इस जगह वह अकेली क्या कर रही है? उसके साथ भी कोई नहीं दिखाई देता। वह साथ में बैठी, पास से एक छोटा सा पत्थर उठाया और उसे फेंकते हुए, अतुल से पूछा, "आप क्या लिख रहे हैं?" अतुल ने अपनी डायरी के बीच में पैन फँसाकर उसे बंद कर दिया, "कुछ नहीं, बस ऐसे ही।"

"मैं तो अकसर आता हूँ, पर आप यहाँ कैसे? मैं यह पूछने ही वाला था।" लड़की जोर से हँसी, अतुल को लगा जैसे दिन में भी आसपास सितारे बिखर गए। ऐसा नहीं था कि अतुल ने कभी किसी लड़की से बात नहीं की थी, लेकिन हाँ इतने अकेले में कभी किसी से बात नहीं की थी, जहाँ दूर-दूर तक उनके आसपास कोई न हो। और न ही किसी आने की संभावना हो।

लड़की ने दूसरा सवाल पूछा, "आप यहाँ कैसे?"

"मैं तो अकसर आता हूँ, पर आप यहाँ कैसे? मैं यह पूछने ही वाला था।" लड़की जोर से हँसी, अतुल को लगा जैसे दिन में भी आसपास सितारे बिखर गए। ऐसा नहीं था कि अतुल ने कभी किसी लड़की से बात नहीं की थी, लेकिन हाँ इतने अकेले में कभी किसी से बात नहीं की थी, जहाँ दूर-दूर तक उनके आसपास कोई न हो। और न ही किसी आने की संभावना हो।

"मैं तो अकसर आ जाती हूँ, जब दिल होता है।" वह थोड़ी सी मुसकराई।

"अकेले?"

"हाँ, अकेले; आप भी तो अकेले हैं। सच कहें तो हर कोई अकेला है।"

"हाँ, आप सच कह रही हैं। अकेलेपन का अपना ही एक आनंद है। देखिए न, मैं जब अकेला होता हूँ, अपने आपको खुद के ज्यादा करीब महसूस करता हूँ।"

"जी मेरे साथ भी ऐसा है। मैं भी अकेले ही रहना पसंद करती हूँ।"

"अच्छा तो, हम दोनों की पसंद मिलती है!" अतुल थोड़ा सा मुसकराया। किसी लड़की से अपनी पसंद मिला, उसे बहुत अच्छा लगा था। उसकी पसंद भी मिल सकती है, वह भी इतनी खूबसूरत लड़की से। उसे अपनी पसंद पर गर्व हुआ, वही अकेला नहीं है, जो ऐसा सोचता है, दुनिया में खूबसूरत लोग भी ऐसा ही सोचते हैं। लोग नहीं; मतलब, खूबसूरत लड़कियाँ भी ऐसा सोचती हैं। उसने अपने मन में आए विचारों को ठीक किया। "मैं हर संडे इसी वक्त यहाँ आता हूँ।" कहते हुए जैसे अतुल बता देना चाहता है कि अगर अगली बार आप आएँ तो इसी वक्त आना।

"अच्छा तो, हम दोनों की पसंद मिलती है!" अतुल थोड़ा सा मुसकराया। किसी लड़की से अपनी पसंद मिला, उसे बहुत अच्छा लगा था। उसकी पसंद भी मिल सकती है, वह भी इतनी खूबसूरत लड़की से। उसे अपनी पसंद पर गर्व हुआ, वही अकेला नहीं है, जो ऐसा सोचता है, दुनिया में खूबसूरत लोग भी ऐसा ही सोचते हैं।

"मेरा तय नहीं है कि मैं हर संडे आऊँ। मैं तो ऐसे ही घूमती-फिरती आ जाया करती हूँ।" अतुल के दिमाग में एक विचार कौंधा, लेकिन उसने अपने विचार को दबा दिया। वो कहना चाहता था कि इसमें कौन सी बड़ी बात है, आप मेरा नंबर ले लीजिए। मैं नंबर नहीं माँगूँगा, कहीं आप सोचें कि मैं चांस मारने की कोशिश कर रहा हूँ। जब भी आप आएँ,

बस मुझे एक फोन कर देना। मैं भी आ जाऊँगा। आखिर एक से भले दो। अजीब मन हो रहा है। तभी अतुल ने खुद को रोका और कहा कि पहली ही मुलाकात में नंबर कौन माँगता है! अभी तो ढंग से बात तक नहीं हुई। मैं नाम तक नहीं जानता। और फटाक से उसने पूछा, "आपका नाम?"

"हर्षिता..."

"नाइस नेम...।" कहते हुए अतुल मुसकराया। हर्षिता ने नहीं पूछा कि उसका क्या नाम है, पर अतुल ने बता देना अपनी ड्यूटी समझा, "मेरा नाम अतुल है।" हर्षिता ने नजर उठाकर उसे देखा। और फिर वह सामने देखने लगी, "यहाँ कितनी शांति है ना!"

"सही कह रहे हैं।" अतुल खुश था। हर्षिता ने उसकी बात में अपनी सहमति जताई थी। किसी भी रिश्ते की शुरुआत ऐसे ही तो होती है। हम धीरे-धीरे किसी को जानते हैं और फिर...। तभी अतुल को अपने बराबर में एक आहट महसूस हुई। अतुल ने नजर उठाकर देखा तो उसी की उम्र का लड़का उससे थोड़ी दूर आकर बैठ गया। अतुल को बिल्कुल पसंद नहीं आया।

अतुल ने जवाब दिया, "हाँ, बहुत। आसपास का माहौल अच्छा हो, तो आपको अंदर भी ऐसी ही ऊर्जा महसूस होती है।"

"सही कह रहे हैं।" अतुल खुश था। हर्षिता ने उसकी बात में अपनी सहमति जताई थी। किसी भी रिश्ते की शुरुआत ऐसे ही तो होती है। हम धीरे-धीरे किसी को जानते हैं और फिर...। तभी अतुल को अपने बराबर में एक आहट महसूस हुई। अतुल ने नजर उठाकर देखा तो उसी की उम्र का लड़का उससे थोड़ी दूर आकर बैठ गया। अतुल को बिल्कुल पसंद नहीं आया। कितनी सारी जगह है। वह किसी और कोने में भी जाकर बैठ सकता

है। उसे यहीं बैठने की क्या जरूरत है? यह लड़के भी न बरदाश्त नहीं कर सकते कि कोई दूसरा लड़का किसी खूबसूरत लड़की के साथ बैठा है। बस चिड़ने लगते हैं। तभी हर्षिता की बात ने अतुल का ध्यान तोड़ दिया। "आप कुछ लिख रहे थे शायद···?"

अतुल ने अपनी डायरी हर्षिता को दिखाते हुए जवाब दिया, "हाँ-हाँ, मैं कविता लिख रहा था।"

अतुल ने अपनी डायरी हर्षिता को दिखाते हुए जवाब दिया, "हाँ-हाँ, मैं कविता लिख रहा था।" "अरे वाह! आप राइटर हैं?" "नहीं, नहीं राइटर नहीं हूँ। बस थोड़ा बहुत लिख लेता हूँ।" "अरे वाह! आपको पता है; मुझे पढ़ना बहुत पसंद है।"

"अरे वाह! आप राइटर हैं?"

"नहीं, नहीं राइटर नहीं हूँ। बस थोड़ा बहुत लिख लेता हूँ।"

"अरे वाह! आपको पता है; मुझे पढ़ना बहुत पसंद है।"

"रीयली!"

"हाँ" अतुल हर्षिता से बात कर रहा था, लेकिन उसका पूरा ध्यान उस लड़के पर था। जो उसे बहुत गौर से देख रहा था। क्या दो लोगों को बात करना इतना बड़ा अपराध है? हर्षिता और वह तो बहुत कॉमन बातें कर रहे हैं। और एक-दूसरे से कितनी दूर भी हैं। कोई भी जान सकता है कि उन दोनों के बीच ऐसी कोई बात नहीं हो रही होगी, जिसे सुनकर आनंद उठाया जा सके। फिर वह क्यों घूर रहा है? एक बार तो उनके दिल में आया कि सामने रखा हुआ पत्थर उठाकर, उसके सर पर दे मारे। लेकिन तभी वह लड़का उठा और अतुल के पास आकर खड़ा हो गया। अतुल को काटो तो खून नहीं है। अतुल ने उसके बोलने से पहले ही पूछा, "प्रॉब्लम क्या है आपकी?" अतुल ने

खड़े होकर थोड़ा गुस्सा दिखाया। लेकिन उस लड़के ने गुस्से का जवाब गुस्से से नहीं दिया, वह बिल्कुल नॉर्मल था। उसने हैरानी के साथ पूछा "आपकी क्या प्रॉब्लम है?"

"मतलब?" अतुल चिल्लाया।

"मैं देख रहा हूँ, आप बहुत देर से उधर किसी को देखकर बातें कर रहे हैं। लेकिन वहाँ तो कोई नहीं।"

"मतलब! क्या मतलब है आपका?" कहते हुए उसने अपने शब्दों पर ध्यान दिया। फिर एक नजर हर्षिता की तरफ देखा। जो बैठी अभी भी मुसकरा रही थी। उसने लड़के की बातों को नजरअंदाज किया और हर्षिता को इशारा करते हुए कहा, "देखो हर्षिता, यह कह रहा है, तुम इसे दिखाई नहीं दे रही हो। इसने भाँग पी रखी है।" हर्षिता ने अभी भी कोई जवाब नहीं दिया। वो बस मुसकरा रही थी "हर्षिता बताओ... इसे" हर्षिता कुछ नहीं बोली, चुपचाप बैठी थी।

"मतलब! क्या मतलब है आपका?" कहते हुए उसने अपने शब्दों पर ध्यान दिया। फिर एक नजर हर्षिता की तरफ देखा। जो बैठी अभी भी मुसकरा रही थी। उसने लड़के की बातों को नजरअंदाज किया और हर्षिता को इशारा करते हुए कहा, "देखो हर्षिता, यह कह रहा है, तुम इसे दिखाई नहीं दे रही हो। इसने भाँग पी रखी है।"

अतुल की धड़कन तेज भागने लगी। उसे कुछ समझ नहीं आ रहा था, उसके साथ क्या हो रहा है? हर्षिता उसे दिखाई दे रही है; लेकिन उस लड़के को दिखाई नहीं दे रही। वह लड़का कहता है, वहाँ कोई नहीं

बैठा। लेकिन वहाँ हर्षिता बैठी है, जो उसे देखकर मुसकराती है, लेकिन वह उस लड़के से कह नहीं रही कि वहाँ वो बैठी हुई है। अतुल के चहरे पर डर के भाव उभर रहे हैं, क्या वह अभी तक किसी ऐसे इनसान से बात कर रहा था, जो किसी को दिखाई नहीं देता? अतुल परेशान होकर वहाँ से दूर चला जाना चाहता है। उसने वहाँ से दूर जाने के लिए, अपने कदमों की गति बढ़ा दी। पीछे से वह लड़का आवाज दे रहा है, "सुनिए तो; अरे! सुनिए, कहाँ जा रहे हैं आप? आपकी डायरी यहीं रह गई। सुनिए...क्या नाम है आपका?"

तभी चलते हुए वह दो लड़कों से टकराया। उसकी साँस में साँस आई। चलो कोई तो है, जो यहाँ इनसानों जैसा है। उसने चैन की साँस ली। पहले लड़के ने उसको थामते हुए पूछा, "क्या हुआ आप इतने घबराए हुए क्यों हैं?"

तभी चलते हुए वह दो लड़कों से टकराया। उसकी साँस में साँस आई। चलो कोई तो है, जो यहाँ इनसानों जैसा है। उसने चैन की साँस ली। पहले लड़के ने उसको थामते हुए पूछा, "क्या हुआ आप इतने घबराए हुए क्यों हैं?"

"कुछ नहीं"

"अरे! बताइए न; क्या हम आपकी कोई मदद कर सकते हैं?" दूसरे लड़के ने बोला।

"कुछ नहीं"

"अरे! बताइए न; क्या हम आपकी कोई मदद कर सकते हैं?" दूसरे लड़के ने बोला।

"हाँ...नहीं...हाँ...नहीं..." अतुल को समझ नहीं आ रहा कि उसे मदद माँगनी चाहिए या नहीं। उसे क्या पूछना चाहिए और क्या नहीं

पूछना चाहिए? तभी पहले लड़के ने पानी की बोतल निकाली और अतुल को देते हुए कहा, “पानी पी लीजिए आप” अतुल ने हाथ के इशारे से पानी पीने से मना कर दिया। उसके सीने में दर्द हो रहा है। वह पसीनों में लथपथ है। उसे समझ नहीं आ रहा कि वह क्या करे? तभी उसका दिल किया कि उसे लड़कों को सच बता देना चाहिए। उसने लड़कों से, उस डायरी वाले लड़के को इंगित करते हुए कहा, “वह लड़का कह रहा है, हर्षिता वहाँ नहीं है। मुझे वहाँ बैठी हुई दिखाई दे रही है। वह अभी भी मुसकरा रही है।” लड़कों ने उस तरफ देखा जहाँ अतुल इशारा कर रहा था और लड़कों ने कहा, “लेकिन हमें तो कोई लड़की या लड़का दिखाई नहीं दे रहा है।”

“वह वहीं खड़ा है।” अतुल पागलों की तरह हाथ बढ़ाने लगा, “अभी भी वहीं खड़ा है। उसके हाथ में मेरी डायरी और मेरा पैन है।”

“नहीं हमें कोई लड़का दिखाई नहीं देता।” लड़कों ने जवाब दिया।

“वह वहीं खड़ा है।” अतुल पागलों की तरह हाथ बढ़ाने लगा, “अभी भी वहीं खड़ा है। उसके हाथ में मेरी डायरी और मेरा पैन है।”

“नहीं हमें कोई लड़का दिखाई नहीं देता।” लड़कों ने जवाब दिया।

“और हर्षिता वहाँ दूसरी तरफ बैठी है।” अतुल ने उँगली का इशारा करते हुए बताया, “वो वहाँ बैठी हुई है। वह अभी भी मुसकरा रही है। उसने पीले रंग का कुरता पहना है।” अतुल की आवाज में घिग्घी बँधी थी। वह बहुत डरा हुआ था।

“नहीं, हमें कोई दिखाई नहीं देता।” अचानक अतुल के सीने का

दर्द बढ़ा। उसने बढ़कर पहले लड़के को बाँहों में भर लिया। उसका शरीर ढीला पड़ा और उसने अपना सारा वजन उस लड़के पर डाल दिया। अतुल धीरे-धीरे पूरी तरह से उस लड़के पर गिर गया। लड़का अतुल को सँभाल नहीं पाया। इसके साथ ही उनके दिल की धड़कन बंद हो गई, "भाई, भाई, अरे भाई! उठो; उठो···" पहला लड़का चिल्लाया। लड़का उसके दिल को पंप करने लगा। लेकिन उसके साँस लेने की संभावना नहीं थी। वह जा चुका था।

तभी हर्षिता और डायरी वाला लड़का भागते हुए उसके पास पहुँचे। हर्षिता ने उसे उसके नाम से पुकारा, "अतुल, अतुल; हम बस तुम्हें डराने की कोशिश कर रहे थे। हम सब एक-दूसरे को देख सकते हैं। अतुल हम चारों एक-दूसरे को देख सकते हैं।" लेकिन अतुल अब कभी नहीं आने वाला था। वह चारों के बीच में निर्जीव पड़ा था। हर्षिता ने नजर उठाकर झील की तरफ देखा, अतुल वहाँ खड़ा था। हर्षिता ने घबराते हुए इशारा किया, "वह देखो; अतुल वहाँ खड़ा है।" लेकिन तीनों लड़कों को अतुल नजर नहीं आता।

तभी हर्षिता और डायरी वाला लड़का भागते हुए उसके पास पहुँचे। हर्षिता ने उसे उसके नाम से पुकारा, "अतुल, अतुल; हम बस तुम्हें डराने की कोशिश कर रहे थे। हम सब एक-दूसरे को देख सकते हैं। अतुल हम चारों एक-दूसरे को देख सकते हैं।"

□

जो पैदा हुआ वो फानी है

स्टडी-टेबल लैंप की रोशनी से जगमगा रहा है। उसपर एक लैपटॉप खुला है, जिसमें शैलेंद्रजी बड़ी तेजी के साथ कुछ टाइप कर रहे हैं। शैलेंद्रजी लगभग सत्तर वर्ष के आसपास होंगे। वह सिर के बीचोबीच से गंजे हैं और आसपास थोड़े-बहुत सफेद बाल बचे हैं। उनका सिर चिकना और चमकदार है। उनकी आँखों पर चश्मा और चेहरे पर गंभीरता है। वह जो कुछ भी लिखते हैं तो उनके चेहरे पर वे भाव अपने आप दिखने लगते हैं। वह पेशे से एक लेखक हैं और बहुत सारी प्रसिद्ध किताबें लिख चुके हैं। रात के लगभग ग्यारह बजे हैं। यों तो रात हमेशा काली होती है, लेकिन यह कुछ गहरी काली है। बहुत तेज और ठंडी हवा चल रही है। सर्दी का मौसम और हलका कोहरा रात को थोड़ा और काला बना रहा है। सर्दी भरी रात में लिखना शैलेंद्रजी का मनपसंद समय है। आसपास कोई शोर नहीं होता, वह लिखते चले जाते हैं। शोर तो दिन में भी नहीं होता, क्योंकि उनके घर में उनके अलावा कोई और नहीं, पर वक्त-बेवक्त बाहर की गाड़ियों का आता शोर और कभी कोई पार्सल ही आ गया तो उन्हें लगता है कि डोर-बेल उनके सिर के ऊपर ही कहीं बजाई गई है, और उनका ध्यान भंग हो जाता है। कहा जाता है कि रवींद्रनाथ टैगोर जब लिखते थे तो लगातार दो-दो दिन तक लिखते रहते थे। उनका खाना भी गेट के नीचे से अंदर सरका दिया जाता

था। शैलेंद्रजी दो-दो दिन तक तो नहीं लिखते, लेकिन जब भी लिखते हैं तो उन्हें कोई व्यवधान पसंद नहीं आता।

उन्होंने लैपटॉप पर अपना हाथ रोक दिया, अपना चश्मा उतारकर लैपटॉप के ऊपर रख दिया और पीछे होकर हलकी सी अँगड़ाई ली। वह उठे और धीरे-धीरे खिड़की की तरफ बढ़ गए। उन्होंने हाथ से धीरे से खिड़की खोल दी। वह कोहरे और खिड़की के बाहर लगे चमेली के पेड़ की खुशबू और ठंडक अपने चेहरे पर महसूस कर सकते हैं। उनकी आँखें बंद हैं, ठंडक और उसकी खुशबू उन्हें अपना एहसास दिला रही है। तभी दरवाजे पर आहट हुई, उन्होंने आँख खोलकर दरवाजे की तरफ देखा। दरवाजे को बहुत धीरे से बस एक बार नॉक किया गया। वह नॉक करने के तरीके से पता लगा लेते हैं कि दरवाजे पर कौन होगा! बिना दरवाजा खोले ही वह परिचित मुसकान से मुसकराए, जैसे कि उन्हें पता है कि दरवाजे की दूसरी तरफ कौन है। और वह उसका स्वागत करने के लिए उसकी तरफ मुड़ गए। हलका सा दरवाजा खोलने के बाद रमेश ने झाँकते हुए पूछा, "सर, कॉफी लेंगे?" उन्होंने 'हाँ' में गरदन हिला दी।

उन्होंने लैपटॉप पर अपना हाथ रोक दिया, अपना चश्मा उतारकर लैपटॉप के ऊपर रख दिया और पीछे होकर हलकी सी अँगड़ाई ली। वह उठे और धीरे-धीरे खिड़की की तरफ बढ़ गए। उन्होंने हाथ से धीरे से खिड़की खोल दी। वह कोहरे और खिड़की के बाहर लगे चमेली के पेड़ की खुशबू और ठंडक अपने चेहरे पर महसूस कर सकते हैं।

रमेश उनका सेक्रेटरी है, जो सेक्रेटरी कम दोस्त ज्यादा बन गया है। रमेश की उम्र पैंतालीस साल के आसपास है। तीन साल हुए उसे नौकरी

करते हुए और अब वह शैलेंद्रजी के जीवन का हिस्सा बन चुका है। वह न हो तो शैलेंद्रजी खुद को अपाहिज महसूस करते हैं। दोनों को एक-दूसरे का साथ बहुत पसंद है। पूर्व जन्मों की बातें करें तो उनका और रमेश का कुछ पुराना रिश्ता जरूर है। शैलेंद्र उसे अपने बेटे की तरह रखते हैं। रमेश एक साल तो बाहर ही कमरा लेकर रहा था। फिर एक साल के बाद शैलेंद्रजी ने उसे अपने घर बुला लिया और कहा कि तुम मेरे साथ रहो। दोनों की कहानी लगभग एक जैसी है। शैलेंद्रजी ने शादी नहीं की तो उनका परिवार नहीं है। रमेश ने शादी की, लेकिन वह पत्नी को उसकी डिलीवरी में खो चुका था, लेकिन बेटी को डॉक्टर ने बचा लिया; पर वह भी कुछ सालों पहले किसी हादसे का शिकार हो गई। अब इस दुनिया में दोनों ही एक-दूसरे का सहारा हैं। रमेश हाथ में कॉफी का कप पकड़े कमरे में दाखिल हो गया। उसने कॉफी शैलेंद्रजी के हाथ में थमाई और खुद परदे के पास दोनों हाथ कमर के पीछे लगाए खड़ा हो गया, "सर, आज पूरी रात लिखेंगे?"

फिर एक साल के बाद शैलेंद्रजी ने उसे अपने घर बुला लिया और कहा कि तुम मेरे साथ रहो। दोनों की कहानी लगभग एक जैसी है। शैलेंद्रजी ने शादी नहीं की तो उनका परिवार नहीं है। रमेश ने शादी की, लेकिन वह पत्नी को उसकी डिलीवरी में खो चुका था, लेकिन बेटी को डॉक्टर ने बचा लिया; पर वह भी कुछ सालों पहले किसी हादसे का शिकार हो गई।

"नहीं," लंबी साँस भरते हुए शैलेंद्रजी ने कहा, "आज जल्दी सो जाऊँगा। देखो न, बाहर कितना अच्छा मौसम है!" रमेश ने हाँ में हाँ मिलाते हुए कहा, "जी सर।"

"तुम तो जल्दी सो जाते हो, तुम नहीं सोए?"

"बस आपको कॉफी देने आया। इसके बाद मैं भी सो जाऊँगा।"

"तुम मेरे कहने से पहले ही समझ जाते हो कि मुझे क्या चाहिए? सच, कॉफी पीने का बड़ा मन था।" रमेश थोड़ा सा मुसकराया, जैसे कह रहा हो, यह तो मेरा काम है। "आजकल कुछ पढ़ रहे हो?" शैलेंद्रजी ने पूछा। वह हमेशा रमेश को कुछ-न-कुछ पढ़ने के लिए प्रेरित करते रहते हैं। पढ़ते रहने से आपका ज्ञान बढ़ता है। आप ऐसे लोगों के बारे में भी जान सकते हैं, जिन्हें कभी आपने देखा न हो। किताबें एक ऐसा संसार खोलती हैं, जहाँ केवल ज्ञान-ही-ज्ञान है।

"तुम मेरे कहने से पहले ही समझ जाते हो कि मुझे क्या चाहिए? सच, कॉफी पीने का बड़ा मन था।" रमेश थोड़ा सा मुसकराया, जैसे कह रहा हो, यह तो मेरा काम है। "आजकल कुछ पढ़ रहे हो?" शैलेंद्रजी ने पूछा। वह हमेशा रमेश को कुछ-न-कुछ पढ़ने के लिए प्रेरित करते रहते हैं। पढ़ते रहने से आपका ज्ञान बढ़ता है। आप ऐसे लोगों के बारे में भी जान सकते हैं, जिन्हें कभी आपने देखा न हो।

"जी सर, मैं हिटलर को पढ़ रहा था।" शैलेंद्रजी थोड़ा मुसकराए, "तो क्या पढ़ा?"

"सर, मैं सोच रहा था कि कोई व्यक्ति इतना क्रूर कैसे हो सकता है? क्या हिटलर को कभी आत्मग्लानि नहीं हुई होगी?"

"बेशक हुई होगी। तुम जानते हो, वह शाकाहारी था और शायद जानवरों से बहुत प्रेम करता था।" शैलेंद्रजी थोड़ा उपहास करते हुए मुसकराए।

"लेकिन सर, अजीब बात नहीं है कि आप जानवरों से प्यार करो और इनसानों से नफरत!"

"दुष्टता मनुष्य के व्यक्तित्व की एक असामान्य अवस्था है, जो जन्म के समय से ही मस्तिष्क में उपस्थित होती है। शायद हिटलर पशुओं के प्रति दयालु था। पर वह यहूदियों, रूसियों, जिप्सी एवं काले रंग के लोगों से घृणा करता था और उन्हें मरवा देता था। उसे लगता था कि यह उसका कर्तव्य है या शायद उसकी कोई नीति! उसका यह व्यवहार घृणा से प्रेरित था।"

दुष्टता मनुष्य के व्यक्तित्व की एक असामान्य अवस्था है, जो जन्म के समय से ही मस्तिष्क में उपस्थित होती है। शायद हिटलर पशुओं के प्रति दयालु था। पर वह यहूदियों, रूसियों, जिप्सी एवं काले रंग के लोगों से घृणा करता था और उन्हें मरवा देता था।

"लेकिन गैस के चेंबर बनवाकर लोगों को मारना, क्या उसे इसके लिए कभी आत्मग्लानि नहीं हुई?"

"आत्मग्लानि एक बहुत छोटा सा शब्द है। हम अपनी सीमाएँ और दायरे तय करते हैं। उसके अनुसार हमारे अंदर अच्छे और बुरे की समझ विकसित होती है। वह केवल एक ही दिन में निर्मित नहीं होती। बचपन से हमारे संस्कारों से सीखकर हम उसे धारण करते हैं और अगर हम कोई ऐसा काम करते हैं, जो हमारे संस्कारों में शामिल नहीं है, तो हमें उसके लिए आत्मग्लानि होती है। लेकिन लगातार वह काम करने पर ग्लानि खुद-ब-खुद खत्म हो जाती है, क्योंकि हमारी अंतरात्मा हमें एक बार टोकती है, दो बार टोकती है, लेकिन जब हम लगातार किसी काम को करते हैं तो वह मर जाती है और हमें टोकना छोड़ देती है, जिससे हमारे अंदर ग्लानि नहीं होती।"

"सर, क्या आपके जीवन में कभी ऐसा हुआ है कि आपको किसी चीज के लिए बहुत ग्लानि हुई हो और आप सो न सके हों?" रमेश ने अपने चेहरे पर प्रश्नचिह्न के भाव लाते हुए पूछा।

"सबके जीवन में कुछ-न-कुछ जरूर होता है, जिसके लिए उन्हें जीवन भर पछतावा रहता है।" रमेश ने हैरानी से शैलेंद्रजी की तरफ देखा। क्या सच में उनका कोई ऐसा सच है, जिसे वह नहीं जानता? शैलेंद्रजी ने कप से कॉफी का सिप लिया और बाहर चमेली के पेड़ की तरफ देखने लगे। अचानक गंभीरता और ग्लानि एक साथ उनके चेहरे पर दिखने लगी, "मैं नहीं जानता कि उस बात को किस अपराध की श्रेणी में रखा जाएगा! लेकिन वह रात मुझे कभी नहीं भूलती। मैं अपनी एक किताब पर काम कर रहा था। मुझे हमेशा से ऐसी जगह पसंद रही है, जहाँ शोरगुल न हो, शांति हो। ऐसे माहौल में आप किताब के साथ ज्यादा जुड़ा हुआ महसूस करते हैं। इसलिए मैं एक महीने के लिए मसूरी चला गया था। वहाँ एक शांत से होटल में कमरा लिया और आराम से अपनी किताब पूरी की। पहला ड्राफ्ट पूरा हो चुका था। दूसरा ड्राफ्ट मैं घर आकर पूरा करने वाला था। मैंने होटल से रात 7 बजे चेक-आउट किया और अपनी गाड़ी में बैठकर दिल्ली वापस आने के लिए निकल पड़ा। उस दिन दशहरा था। सड़कों पर काफी भीड़ थी; ज्यादातर उन सड़कों पर, जो बाजार के

"सबके जीवन में कुछ-न-कुछ ऐसा जरूर होता है, जिसके लिए उन्हें जीवन भर पछतावा रहता है।" रमेश ने हैरानी से शैलेंद्रजी की तरफ देखा, क्या सच में उनका कोई ऐसा सच है, जिसे वह नहीं जानता? शैलेंद्रजी ने कप से कॉफी का सिप लिया और बाहर चमेली के पेड़ की तरफ देखने लगे।

आसपास थीं। लोग दशहरा देखकर लौट रहे थे। मैं मोदीनगर से होकर गुजर रहा था। भले ही मैं वहाँ किसी को जानता नहीं था, पर मुझे सारी गलियाँ पता थीं, खासकर वह, जो हाईवे को छूकर निकलती थीं। दिल्ली करीब थी और सड़कों पर भारी ट्रैफिक।" कहते हुए शैलेंद्रजी ने अपना कॉफी का कप बिना पिए ही स्टडी टेबल पर रख दिया। रमेश ध्यान से उनकी बातें सुन रहा था। कुछ गहरे और गंभीर भाव रमेश के चेहरे पर भी उतर आए थे, जैसे कुछ भूला हुआ उसकी आँखों में भी उतर आया हो। कमरे में चारों तरफ सन्नाटा था। रमेश उस रात को अपनी आँखों के सामने महसूस कर सकता था। यही तो शैलेंद्रजी की कला थी कि वह बोलते भी ऐसे थे, जैसे लिखकर पूरा दृश्य खींच देते थे।

> ***भीड़ की वजह से मैंने अंदर गलियों से जाना ज्यादा मुनासिब समझा। मैंने एक छोटी सड़क पर अपनी गाड़ी मोड़ दी। गली में दूर-दूर घर बने थे और ज्यादातर घरों में अँधेरा था। यह बात उस समय की है, जब ज्यादातर लोग दशहरा देखने जाया करते थे। गली और दिनों के मुकाबले ज्यादा सुनसान थी। मैं खुश था कि भीड़ से मुझे निजात मिली थी और गाड़ी तेज स्पीड में दौड़ रही थी।***

"भीड़ की वजह से मैंने अंदर गलियों से जाना ज्यादा मुनासिब समझा। मैंने एक पतली गली में अपनी गाड़ी मोड़ दी। गली में दूर-दूर घर बने थे और ज्यादातर घरों में अँधेरा था। यह बात उस समय की है, जब ज्यादातर लोग दशहरा देखने जाया करते थे। गली और दिनों के मुकाबले ज्यादा सुनसान थी। मैं खुश था कि भीड़ से मुझे निजात मिली, और गाड़ी तेज रफ्तार से दौड़ रही थी। गुलजार के गाने चल रहे थे, तभी अचानक कैसेट फँस गई। सड़क पर कोई नहीं था। मैंने गाड़ी का

हैंडल तो थामा था, लेकिन मैं कैसेट को निकालकर दूसरी कैसेट लगाना चाहता था। वह पिछले दो दिनों से रुक-रुककर चल रही थी, पर मुझे लगा, जैसे यही सही समय है इस कैसेट को निकालकर दूसरी लगा देने का। गाड़ी का हैंडल पकड़ मैं दूसरे ड्रावर में कैसेट ढूँढ़ने लगा। गाड़ी की रफ्तार तेज थी, तभी मुझे एहसास हुआ कि गाड़ी के सामने कोई है। मैंने देखा, कोई बच्ची थी शायद! मैंने बहुत तेजी से ब्रेक लगाई, लेकिन वह इतनी पास थी कि मैं ब्रेक लगाकर गाड़ी रोक सका और वह गाड़ी से टकरा गई। बहुत तेज टकराने और चिल्लाने की आवाज आई। मैं फटाफट अपनी गाड़ी से उतरा, बच्ची को गाड़ी के नीचे से बाहर निकाला। आठ साल की बच्ची! हाँ, शायद इतनी साल की रही होगी, पतली गली में ठीक से याद नहीं आता, पीला या फिर हरा और गुलाबी बूँदी वाला फ्रॉक पहना था। बाल खुले थे। लड़की के हाथ में एक लंबी-पतली रबड़ थी, शायद किसी गुब्बारे की, जो फूट चुका था। दूसरे हाथ में हवा से चलने वाला पंखा था। मैंने उसकी नब्ज देखी, वह अभी भी चल रही थी। लड़की की आँखें खुली थीं और वह जोर-जोर से हिचकियाँ ले रही थी। मैंने अब उसे अपनी गोद में उठा लिया। मैंने आसपास नजर दौड़ाई, उसके साथ कोई दिखाई नहीं दे रहा था। जब मैंने उसे गोद में उठाया तो उसने अपने मुँह से 'पापा…' शब्द निकाला।

गाड़ी की रफ्तार तेज थी, तभी मुझे एहसास हुआ कि गाड़ी के सामने कोई है। मैंने देखा, कोई बच्ची थी शायद! मैंने बहुत तेजी से ब्रेक लगाई, लेकिन वह इतनी पास थी कि मैं ब्रेक लगाकर गाड़ी रोक सका और वह गाड़ी से टकरा गई। बहुत तेज टकराने और चिल्लाने की आवाज आई।

मैं उसे उठाकर अपने पीछे वाली सीट पर लिटाकर हॉस्पिटल ले

जाने वाला था कि उसकी गरदन बेजान लटक गई। लड़की ने दम तोड़ दिया था। मुझे समझ नहीं आया कि क्या करना चाहिए? अपराध गलती से हुआ था, लेकिन उसकी भरपाई भी कैसे हो? बच्ची जब दुनिया से जा चुकी है तो अपने घर का पता भी कैसे बता सकती थी? मैंने गाड़ी के पीछे वाली लाइट जलाई तो मुझे उसके फ्रॉक पर सेफ्टी पिन से लगी हुई एक पर्ची देखी, जिसमें शायद उसके घर का पता था। मैं बिना देर किए उस पते को पढ़ने लगा। पता किसी पेंसिल से लिखा गया था और वह आधा मिट चुका था। बस पर्ची पर 'D-1' लिखा हुआ नजर आ रहा था।

मैं बहुत डर गया था। कहाँ जाता? किससे कहता? क्या पुलिस स्टेशन? पुलिस मुझे पकड़ जरूर लेती, लेकिन क्या उससे वह लड़की वापस आ जाती? यकीन मानो रमेश, अगर उसमें जरा भी साँस होती तो मैं अपनी पूरी दौलत देकर भी उस लड़की को बचा लेता। पर क्या करता, ईश्वर ने मुझे पाँच मिनट का समय भी नहीं दिया।

मैं बहुत डर गया था। कहाँ जाता? किससे कहता? क्या पुलिस स्टेशन? पुलिस मुझे पकड़ जरूर लेती, लेकिन क्या उससे वह लड़की वापस आ जाती? यकीन मानो रमेश, अगर उसमें जरा भी साँस होती तो मैं अपनी पूरी दौलत देकर भी उस लड़की को बचा लेता। पर क्या करता, ईश्वर ने मुझे पाँच मिनट का समय भी नहीं दिया। मैं उसका पता नहीं ढूँढ़ सकता था, क्योंकि पता मिट चुका था। अनजान शहर में पूछता भी तो किससे, जहाँ के बारे में कुछ नहीं जानता? वहाँ कोई दिखा भी नहीं था, और फिर बच्ची एकदम अचानक सुनसान सड़क पर कैसे आ गई? वह मेरे लिए सबसे लंबी और भयानक रात थी। मुझे समझ नहीं आ रहा था कि मैं क्या करूँ?

मैं वापस अपनी गाड़ी में बैठा और उसे दुगनी रफ्तार से चलाई। लगभग दो घंटे में ही मैं घर पहुँच चुका था। बच्ची अब भी पीछे वाली सीट पर लेटी थी। घर पर कोई नहीं था। नौकर दूसरे दिन आनेवाले थे, क्योंकि मैंने सब को छुट्टी दे रखी थी। मैं गैरेज का दरवाजा खोला और अपना फावड़ा उठा लिया, फिर अपने गार्डन में उस लड़की का अंतिम संस्कार कर दिया। यह भी तो अंतिम संस्कार का तरीका है। शैलेशजी चाहते थे कि रमेश उनकी हाँ में हाँ मिला दे कि जो आपने कहा है, वह बिल्कुल सच है और इसमें आपका कोई दोष नहीं था; लेकिन रमेश चुपचाप खड़ा था। शैलेंद्रजी उसका भाव नहीं पकड़ पाए, या फिर यों कहें कि वह अपनी भावनाओं में इतने डूबे हुए थे कि समझना ही नहीं चाहते थे कि रमेश के मन में क्या चल रहा है? वह बस चाहते थे कि कोई कह दे, इसमें आपका कोई दोष नहीं है।

मैं वापस अपनी गाड़ी में बैठा और उसे दुगनी रफ्तार से चलाई। लगभग दो घंटे में ही मैं घर पहुँच चुका था। बच्ची अब भी पीछे वाली सीट पर लेटी थी। घर पर कोई नहीं था। नौकर दूसरे दिन आनेवाले थे, क्योंकि मैंने सब को छुट्टी दे रखी थी।

"सच कहता हूँ रमेश, ऐसी कोई रात नहीं, जब सोने से पहले मैंने अपने इस अपराध की क्षमा न माँगी हो या मुझे ग्लानि न हुई हो। आज जो चमेली का बड़ा सा पेड़ तुम्हें दिखता है, बस वहीं उस बच्ची की आत्मा रहती है। मैंने आज तक यह बात अपने अंदर कैद रखी है, जाने कोई मेरा पक्ष समझ पाएगा या नहीं, इसी डर में घुट-घुटकर जीता रहा हूँ। पर जाने क्यों तुमने पूछा और मुझे लगा कि तुम्हें यह जरूर जानना चाहिए। जैसे कोई अदृश्य शक्ति हो जो यह चाहती हो कि तुम यह सब जानो। मन का बोझ हलका हो गया।" शैलेंद्रजी चुप हो गए।

"सर, वह दुर्घटना नहीं थी, पाप था, जिसके लिए आपको कभी क्षमा नहीं किया जा सकता। आप चाहते तो किसी नजदीकी पुलिस स्टेशन में जा सकते थे। आप पता लगा सकते थे कि वह बच्ची कौन है? किसी ने तो उसके गुमशुदा होने की रिपोर्ट लिखवाई होगी? कोई माँ-बाप तो उसके लिए परेशान रहे होंगे? शायद आज तक भी वह अपनी बच्ची को ढूँढ़ न पाए हों! इनसान जब मरता है तो सब्र किया जा सकता है, लेकिन जब इनसान खो जाता है तो हर दिन उसके वापस लौटने की उम्मीद आपको जीते जी मार देती है। आप पता लगने के बाद उसके माँ-बाप से क्षमा माँग सकते थे। आप यों उसे अपने गार्डन में दबाकर गुमनाम न कर देते। आप तो हिटलर से भी ज्यादा क्रूर निकले। कम-से-कम उसने अपने व्यक्तित्व को किसी से छुपाया तो नहीं। आपने तो अपने व्यक्तित्व को ही छुपा दिया।"

सर, वह दुर्घटना नहीं थी, पाप था, जिसके लिए आपको कभी क्षमा नहीं किया जा सकता। आप चाहते तो किसी नजदीकी पुलिस स्टेशन में जा सकते थे। आप पता लगा सकते थे कि वह बच्ची कौन है? किसी ने तो उसके गुमशुदा होने की रिपोर्ट लिखवाई होगी? कोई माँ-बाप तो उसके लिए परेशान रहे होंगे? शायद आज तक भी वह अपनी बच्ची को ढूँढ़ न पाए हों!

शैलेंद्रजी अपनी सफाई में कुछ बोलना चाहते थे, लेकिन कुछ बोल नहीं पाए, "राकेश तुम, समझने की कोशिश···" कहते हुए रमेश ने उन्हें बीच में रोक दिया।

"मोदीनगर की उस सुनसान सड़क पर जो बच्ची आपको मिली थी, उसने गुलाबी रंग का पीले छींटे वाला फ्रॉक पहना था। उसकी दो

चोटियाँ थीं, जो उसके पापा ने बनाई थीं। जब वह हँसती थी तो उसके दोनों गालों में डिंपल पड़ते थे। उसका बाप उसे बहुत प्यार करता था। माँ के मरने के बाद उसने अपनी बेटी को कभी कोई कमी नहीं होने दी। उस दिन भी वह उसे कंधे पर बिठाकर दशहरा दिखाने ले गया था और वह बच्ची कुल्फी खाने की जिद करने लगी। वह उसे कंधे से उतारकर कुल्फी खरीद ही रहा था कि वह मेले में कहीं खो गई। वह बदहवास सा पागलों की तरह पूरे मेले में भागता हुआ अपनी बच्ची को ढूँढ़ता रहा। रात एक बजे तक पूरा मैदान खाली हो चुका था और वह रोता हुआ अपनी बच्ची को हर जगह ढूँढ़ता रहा। वह रात दो बजे पुलिस स्टेशन गया, जहाँ बैठे सभी पुलिसवाले ऊँघ रहे थे। किसी ने उसकी बात को तवज्जो नहीं दी, क्योंकि वहाँ तो रोज ही गुमशुदा के केस आते थे। लेकिन उसकी बच्ची उसके जीने का सहारा थी। और आपने उसके बाप को ढूँढ़ने की कोशिश भी नहीं की। आखिर कितने D ब्लॉक होंगे और वन के आगे हद से हद कितने नंबर होंगे? उसका मकान नंबर D-112 था। वह मेरी प्यारी फूल जैसी बच्ची सुरभि थी, सर!"

□

मौत के बाद

आज भाद्रपद माह की कृष्ण एकादशी है। ऐसी मान्यता है कि इस एकादशी वाले दिन अगर किसी के प्राण निकल जाए, तो उसे स्वर्ग मिलता है। सभी के अपने मत और विचार हैं, किसी आलसी के लिए स्वर्ग में कोई काम नहीं। किसी व्याभिचारी के लिए स्वर्ग भोग और विलास से भरा हुआ है। संन्यासी के लिए वहाँ एकांत भजन की व्यवस्था है और भोजन की कोई चिंता नहीं। एक सज्जन के लिए वहाँ सभी के हाथों में बड़ी चम्मच लगी है। वहाँ कोई खुद खाना नहीं खा सकता। सभी एक-दूसरे को खिलाते हैं। इन सभी में से स्वर्ग को जाकर किसी ने नहीं देखा। और अगर देखने गया भी तो वापस लौटकर नहीं बता सका कि वहाँ क्या था! मानने वाले तो यह भी मानते हैं कि धरती पर ही स्वर्ग और नर्क दोनों हैं। कई लोग तो यहाँ तक भी मानते हैं कि स्वर्ग में सुंदर स्त्रियाँ हैं।

अस्सी साल के पंडित दीनदयालजी की स्वर्ग जाने की इच्छा दिन-पर-दिन बढ़ती जा रही है। वह मरना तो नहीं चाहते, लेकिन यही संसार का नियम है—जो आया है, उसे जाना है। यह धरती भी उनके लिए स्वर्ग से कम नहीं। यहाँ वह ईश्वर की तरह रहते हैं। किसी की क्या मजाल जो कोई उन्हें छू दे या अपशब्द बोल दे। वृद्ध पंडित यों भी अधिक सम्मान के लायक समझा जाता है। उस पर भी अगर वह पंडित किसी मंदिर का

पुजारी हो, गेरुआ वस्त्र पहनने वाला, जनेऊ धारण करने वाला और दिन में तीन बार रामायण पढ़ने वाला हो, जिसके पैर हर आने-जाने वाला आदमी छूता हो; वह राज शंकर भी, जिसने एम.एल.ए. का इलेक्शन लड़ा था। वह गब्बर भी, जिसके नाम से चार गाँव थर-थर काँपते हैं। कल्लू का लड़का मुकेश भी, जो आई.ए.एस. की परीक्षा में बैठता है। महाविद्यालय के प्रिंसिपल भी, जिनके हाथों से न जाने कितने बच्चे पढ़-लिखकर ऊँचे सरकारी पदों पर पहुँच चुके हैं। अगर उसे अपने ईश्वर होने का भ्रम न हो तो किसे हो! पूरी दुनिया उनके पैर छूने के लिए लालायित रहती है। आशीर्वाद और तरक्की किसको नहीं चाहिए।

रात का समय है। मंदिर के ऊपर लगा छत्र लहरा रहा है। जोरों की हवा चल रही है। मंदिर के सारे कपाट बंद हो चुके हैं और मंदिर का वह कमरा भी, जिसमें पंडितजी आजकल सोते हैं। पहले वह घर चले जाया करते थे, लेकिन अब दिन-पर-दिन उनका यह भ्रम बढ़ता जा रहा है कि बस कुछ ही दिन और हैं, फिर वह ईश्वर की उपाधि ले लेंगे। वह अपने आगे किसी को कुछ नहीं समझते। आज ही पत्नी से झगड़ा हुआ, क्योंकि उन्होंने उन्हें खाना अपने बाएँ हाथ से परोस दिया। बस इसी पर वह भड़क गए। उनके नियम, कायदे-कानून पालन करते-

रात का समय है। मंदिर के ऊपर लगा छत्र लहरा रहा है। जोरों की हवा चल रही है। मंदिर के सारे कपाट बंद हो चुके हैं और मंदिर का वह कमरा भी, जिसमें पंडितजी आजकल सोते हैं। पहले वह घर चले जाया करते थे, लेकिन अब दिन-पर-दिन उनका यह भ्रम बढ़ता जा रहा है कि बस कुछ ही दिन और हैं, फिर वह ईश्वर की उपाधि ले लेंगे। वह अपने आगे किसी को कुछ नहीं समझते।

करते पंडिताइन भी थक चुकी हैं। खाना अलग से बनाया जाता है। वह किसी के साथ बैठकर खाना नहीं खाते। उनका खाना बनाने से पहले रसोई साफ की जाती है और खाना बनानेवाली औरत ऐसी होनी चाहिए, जो अपनी माहवारी के चक्र से बाहर निकल चुकी हो। कोई कन्या तो क्या ही बना पाएगी, क्योंकि घर पर कोई कन्या है ही नहीं। तो सारी जिम्मेदारी पंडिताइन के ऊपर आ चुकी है। वह अब रोज-रोज के नाटक से परेशान हो चुकी हैं। इसलिए आज जमकर बहस हुई और मंदिर में रखी एक चूल्हे की गैस पर ही पुजारीजी ने अपने लिए आलू का थोड़ा हलवा बना लिया। आज व्रत जो ठहरा। उसे खाकर वह जमीन पर बैठ रामायण का पाठ कर रहे थे, तभी उन्हें एहसास हुआ कि उनकी खिड़की से कोई झाँक रहा है। रामायण पढ़ते-पढ़ते उन्होंने नजर उठाकर उसे देखा। दस-ग्यारह साल का बालक!

पूरे गाँव में उनका इतना खौफ है, बच्चा समझ गया कि वह रामायण पढ़ रहे हैं तो उसे बीच में बोलकर अपनी बात नहीं रखनी है। वह चुपचाप खड़ा होकर उनके पाठ खत्म होने का इंतजार करता रहा, जबकि उसके चेहरे पर बहुत जल्दी दिख रही थी, जैसे कोई बात वह जल्दी-से-जल्दी कह देना चाहता है।

पूरे गाँव में उनका इतना खौफ है, बच्चा समझ गया कि वह रामायण पढ़ रहे हैं तो उसे बीच में बोलकर अपनी बात नहीं रखनी है। वह चुपचाप खड़ा होकर उनके पाठ खत्म होने का इंतजार करता रहा, जबकि उसके चेहरे पर बहुत जल्दी दिख रही थी, जैसे कोई बात वह जल्दी-से-जल्दी कह देना चाहता है। लेकिन फिर भी वह चुपचाप खड़ा बस पंडितजी को देखता रहा। पंडितजी ने एक बार और घूरकर काट खानेवाली नजर से उसकी तरफ देखा और

फिर अपना पाठ करने में व्यस्त हो गए। पाठ करते-करते पंडितजी सोच रहे हैं कि यह तो नीचे वाले टीले से आया हुआ लगता है! रंग काला है, जाने किस जात का हो! क्या माँ-बाप ने इतना भी नहीं सिखाया कि खिड़की को दोनों हाथों से नहीं पकड़ना है? और यह सोचकर ही उन्होंने अपने मन में एक बार इस बात की क्षमा माँग ली—'हरे राम, हरे राम!' घोर कलयुग, जाने कौन जात है? और इसी खड़की को वह भी दिन में दस बार पकड़ते हैं। गंगाजल छिड़ककर उसे शुद्ध करना होगा। अगर दुनिया में गंगाजल न होता, तो जाने कितनी ही चीजें अशुद्ध रह जातीं, जो कभी शुद्ध न हो पातीं। लगभग पाँच मिनट में उन्होंने अपना पाठ खत्म किया। उन्हें लगता था कि लड़का तो अब तक भाग गया होगा, लेकिन वह जब उठे तो उन्होंने देखा कि लड़का अभी भी खिड़की पर खड़ा है। उन्होंने बच्चे को फटकारते हुए कहा, "क्यों बे छोकरे, क्यों खड़ा है?" लड़के ने अपने दोनों हाथ जोड़ते हुए अपने संस्कारों का परिचय दिया, "प्रणाम पंडितजी, बाबा बहुत बीमार हैं। दादी कहती हैं, पंडितजी को बुला लाओ, गंगाजल डाल देंगे।" इतना कहना था कि पंडितजी को अपने बड़े होने का एहसास दोबारा हो गया, उन्होंने कहा, "जाओ यहाँ से, हमारे सोने का समय हो गया है। सुबह आना।"

> *अगर दुनिया में गंगाजल न होता, तो जाने कितनी ही चीजें अशुद्ध रह जातीं, जो कभी शुद्ध न हो पातीं। लगभग पाँच मिनट में उन्होंने अपना पाठ खत्म किया। उन्हें लगता था कि लड़का तो अब तक भाग गया होगा, लेकिन वह जब उठे तो उन्होंने देखा कि लड़का अभी भी खिड़की पर खड़ा है।*

उनके मन में एक विचार कौंधा—ऐसे कौन रात के समय भागता-

दौड़ता किसी के मुँह में गंगाजल डालने के लिए जाता है? न कोई दान, न कोई दक्षिणा! और तभी उन्हें याद आया कि सुबह एम.एल.ए. के घर हवन के लिए जाना है। पिछली बार ग्यारह सौ रुपए दक्षिणा में मिले थे। इस बार अवश्य ही कुछ ज्यादा मिलेंगे और अचानक उन्हें अपने कमरे के कोने में रखा हुआ कूलर दिखाई देने लगा। क्या ठंडी हवा आती है उसकी? अगर उसे अपनी खाट के सामने रख लिया तो समझो कि स्वर्ग में सो रहे हैं। वह मन-ही-मन कल्पना में खो गए। अभी कल्पना से अच्छी तरह बाहर भी नहीं निकले थे कि उनकी नजर दोबारा खिड़की पर पड़ी। वह अभी भी वहीं खड़ा था, "कहा न, जाओ यहाँ से! अम्माँ से कहना, पंडितजी कल आएँगे।" लड़का भाग गया।

वह अपने कमरे में गंगाजल की बोतल ढूँढ़ने लगे। खिड़की को भी तो शुद्ध करना था। खिड़की पर गंगाजल छिड़कने के बाद वह अपने बिस्तर की ओर बढ़े। वह थोड़ा पलंग पर झुके और गौर से चद्दर को देखने लगे। कहीं कोई कीड़ा, मक्खी, कोई जीव-जंतु तो नहीं, जो उनके नीचे आकर बेचारा बेबस मारा जाए।

वह अपने कमरे में गंगाजल की बोतल ढूँढ़ने लगे। खिड़की को भी तो शुद्ध करना था। खिड़की पर गंगाजल छिड़कने के बाद वह अपने बिस्तर की ओर बढ़े। वह थोड़ा पलंग पर झुके और गौर से चद्दर को देखने लगे। कहीं कोई कीड़ा, मक्खी, कोई जीव-जंतु तो नहीं, जो उनके नीचे आकर बेचारा बेबस मारा जाए। जीव-हत्या पाप है और पापी को स्वर्ग नसीब कहाँ? लेकिन चद्दर पर कुछ नहीं था। उन्होंने अपना एक पैर ऊपर किया और बिस्तर पर रख दिया। वह दूसरा भी ऊपर करनेवाले थे, उससे पहले ही खिड़की से दोबारा आवाज आई—"पंडितजी..."

पंडितजी ने नजर उठाकर खिड़की की तरफ देखा, वही लड़का दोबारा आ चुका था। इससे पहले वह खिड़की को छूता, पंडितजी ने उसे टोकते हुए कहा, "खबरदार, खिड़की मत छूना! अभी शुद्ध की है।" उसने दोबारा कहा, "पंडितजी, दादी कहती है, दक्षिणा भी देगी, पूरे पाँच सौ रुपए।" पंडितजी की आँखें चकाचौंध हो गईं। प्रस्ताव ही ऐसा था। मंदिर में रहते हुए चढ़ावा आता जरूर था, लेकिन फल-फूल, कोई धोती दे गया, कोई स्वापी दे गया। लेकिन रुपए मिलना तो तभी हो पाता था, जब कहीं भोज का निमंत्रण हो, कोई हवन हो। तभी उन्हें याद आया, कैसी चमकदार घड़ी थी! जब पिछले दिनों शहर गए और बाजार से निकलते हुए उन्होंने घड़ीवाले की दुकान पर देखी थी, जैसे चमकती हुई सिर्फ पंडितजी को ही बुला रही हो। वह थोड़ा रुक गए थे। रुक यों ही नहीं गए थे, वह अपने मंदिर में लगी रुकी हुई घड़ी का सेल माँगने के लिए, काफी देर तक उसकी दुकान पर खड़े रहे और उस घड़ी को घूरते रहे। अब भोग-विलास की चीजों को बेवजह रुककर पूछा भी तो नहीं जा सकता। पंडित होने की अपनी अलग मर्यादाएँ हैं। छवि धूमिल होने में कितना समय लगता है, जो बरसों की मेहनत से उन्होंने बनाई है!

पंडितजी ने नजर उठाकर खिड़की की तरफ देखा, वही लड़का दोबारा आ चुका था। इससे पहले वह खिड़की को छूता, पंडितजी ने उसे टोकते हुए कहा, "खबरदार, खिड़की मत छूना! अभी शुद्ध की है।" उसने दोबारा कहा, "पंडितजी, दादी कहती है, दक्षिणा भी देगी, पूरे पाँच सौ रुपए।" पंडितजी की आँखें चकाचौंध हो गईं।

दुकानदार सेल निकालकर उन्हें दे ही रहा था कि पंडितजी ने पूछ लिया, "यह घड़ी कितने की है?"

"पूरे पाँच सौ की है, पंडितजी।" पंडितजी ने खिड़की के बाहर खड़े लड़के से कहा, "रुको, अभी आता हूँ। वहीं खड़े रहना।" उन्होंने दरवाजे के पीछे टँगा हुआ अपना कुरता उतारा और वहीं लटका हुआ अपना थैला अपने कंधे पर डाल लिया। उन्होंने थैले से गंगाजल की बोतल निकालकर देखी, उसमें बहुत कम गंगाजल बचा था। पास रखी बड़ी बोतल से उन्होंने छोटी बोतल को पूरा भर लिया। उसे अपने थैले में डाला, जूती व चश्मा पहनकर वह कमरे से बाहर निकले और गेट खोलकर बाहर आ गए। अँधेरा हो चुका था। पूरी गली में स्ट्रीट लाइट लगी तो थी, लेकिन स्ट्रीट लाइट लगी होने के बाद भी, पूरे गाँव में एक-दो लाइटें ही जल पाती थीं। बाकी दिखाने के लिए बस खंभे खड़े थे, क्योंकि सबके बल्ब किसी पत्थर से फोड़ दिए गए थे। यह बच्चों के खेलने का तरीका है, जो वह बल्ब पर निशाना लगाकर ही खेलते हैं। पंडितजी अपने साथ टॉर्च रखते हैं। उन्होंने अपनी सुविधा के अनुसार टॉर्च जला ली। लड़का आगे-आगे था, पंडितजी उसके पीछे, जो उसका पीछा करते हुए चल रहे थे। चारों तरफ कोई न दिखता था। बीच-बीच में कुत्तों के जोर-जोर से भौंकने की आवाज कानों को फोड़ रही थी। तभी एक गली से अचानक दो कुत्ते निकले और पंडितजी की ओर बहुत जोर-जोर से भौंकने लगे। यह अजीब था, क्योंकि लड़का उनसे आगे था, अतः कुत्तों को उस पर पहले भौंकना चाहिए था, लेकिन

"पूरे पाँच सौ की है पंडितजी।" पंडितजी ने खिड़की के बाहर खड़े लड़के से कहा, "रुको; अभी आता हूँ। वहीं खड़े रहना।" उन्होंने दरवाजे के पीछे टँगा हुआ, अपना कुरता उतारा और वहीं लटका हुआ अपना थैला अपने कंधे पर डाल लिया। थैले से गंगाजल की बोतल निकालकर देखी, उसमें बहुत कम गंगाजल बचा था।

उन्होंने पंडितजी को घेर लिया। शायद वेश-भूषा से वे उन्हें थोड़े अलग लगे होंगे! लेकिन पंडितजी ने जमीन से एक पत्थर उठाया और एक कुत्ते को इंगित करते हुए उछाला। कुत्ता अपनी दुम दबाए जिस गली से निकला था, उसी में वापस लौट गया, फिर दूसरा भी कुछ सोचकर उसके पीछे हो लिया।

पंडितजी ने लड़के को आवाज लगाते हुए पूछा, "और कितनी दूर है? इतनी रात में थक गया हूँ मैं। समय बहुत हो गया है।" लड़के ने कुछ कहा नहीं, बस हाथ के इशारे से घर दिखाया। घर में काफी रोशनी दिखती थी। पंडितजी ने अपने पैरों की गति और तेज कर दी। वह जल्दी-से-जल्दी अपना काम खत्म कर, वापस लौटकर आराम करना चाहते थे, और सुबह हवन पर भी तो जाना था। अगर यहाँ से पाँच सौ और वहाँ से ग्यारह सौ मिल जाते हैं तो कुल मिलाकर सोलह सौ रुपए हो जाते हैं। उन्होंने अपने चश्मे को थोड़ा और ऊपर किया और घर की तरफ चल दिए। घर पंद्रह या बीस कदम की दूरी पर होगा। उन्होंने पीछे मुड़कर देखा, लड़का कहीं नजर नहीं आ रहा था। उन्हें लगा, जैसे उन्हें ध्यान न रहा हो और वह भागकर घर में घुस गया हो। पता तो बता ही चुका है।

पंडितजी ने लड़के को आवाज लगाते हुए पूछा, "और कितनी दूर है? इतनी रात में थक गया हूँ मैं। समय बहुत हो गया है।" लड़के ने कुछ कहा नहीं, बस हाथ के इशारे से घर दिखाया। घर में काफी रोशनी दिखती थी। पंडितजी ने अपने पैरों की गति और तेज कर दी। वह जल्दी-से-जल्दी अपना काम खत्म कर, वापस लौटकर आराम करना चाहते थे, और सुबह हवन पर भी तो जाना था।

वह घर के पास पहुँचे तो उन्हें बड़ा आश्चर्य हुआ। घर जाना-पहचाना था। वही तुलसी का पेड़, वही बाउंड्री, वही दरवाजे के आसपास बनी दो खिड़कियाँ, तुलसी के बराबर में लगा अमरूद का बड़ा पेड़, जिसके अमरूद बड़े मीठे होते हैं। अंदर से किसी के रोने की आवाज आ रही है। हो सकता है, जिसके मुँह में गंगाजल डालना हो, वह जा चुका हो! लेकिन आवाज कुछ जानी-पहचानी सी लगती है! और तभी कुछ बोल उनके कानों में पड़े, "हाय! मुझे क्या पता था, इतनी जल्दी चले जाएँगे?" पंडितजी का दिल बैठ गया। जिस आवाज को वह जीवन भर से सुनते आ रहे हैं, क्या उसे वह पहचान नहीं पाएँगे? यह उनकी पत्नी निर्मला की आवाज है। तभी उन्हें ध्यान आया, यह घर तो उन्हीं का है। वे तेज कदमों से अंदर बढ़ गए। नीचे चटाई बिछी थी। अगरबत्ती जल रही थी। एक व्यक्ति चटाई पर लेटा था, जिसकी गरदन तक चादर ओढ़ाई गई थी। नाक और कान में रुई लगी दिखती थी। निर्मला रो-रोकर अपना दुःख बहा रही थी। आस-पड़ोस के दो-चार लोग और दिख रहे थे। अभी भी लोग बाहर से आ रहे थे। जो आता, चटाई पर लेटे व्यक्ति के पैर छू रहा था। पंडितजी व्यक्ति के ऊपर थोड़ा सा झुके और उन्होंने गौर से देखा, उनकी चटाई पर कोई और कैसे लेट सकता है, वह भी मृत। निर्मला कभी नहीं समझेगी, इसको

वह घर के पास पहुँचे तो उन्हें बड़ा आश्चर्य हुआ। घर जाना-पहचाना था। वही तुलसी का पेड़, वही बाउंड्री, वही दरवाजे के आसपास बनी दो खिड़कियाँ, तुलसी के बराबर में लगा अमरूद का बड़ा पेड़, जिसके अमरूद बड़े मीठे होते हैं। अंदर से किसी के रोने की आवाज आ रही है। हो सकता है, जिसके मुँह में गंगाजल डालना हो, वह जा चुका हो!

अशुद्ध कर दिया। 'राम, राम, राम' उन्होंने फिर अपने आप से क्षमा माँगी। घरवालों को कब तक समझाते रहेंगे कि उनकी चीजें कोई और इस्तेमाल में न लिया करे। और आज तो हद ही हो गई, किसी मृत व्यक्ति के नीचे उन्होंने उनकी चटाई बिछा दी। पंडितजी ने मृत व्यक्ति के चेहरे को गौर से देखा और अचंभित हो उसे देखते ही रहे। मृत व्यक्ति उनके जैसा दिखता है। वह उकड़ू बैठ गए और चेहरे को और गौर से देखा। 'हाँ, यह तो वही हैं।' तभी निर्मला की आवाज ने उनके कान के परदे फाड़ दिए, "मैं तो गंगाजल तक नहीं डाल पाई। आप उससे पहले ही चले गए।" तभी एक पड़ोसन ने निर्मला के कंधे पर हाथ रखते हुए कहा, "आप क्यों चिंता करती हैं, पंडितजी जैसे व्यक्ति को तो आज ही जाना था। आज के दिन तो स्वर्ग के दरवाजे खुले होते हैं। इतने ज्ञानी आदमी की पत्नी होकर आप ऐसी बातें करती हैं? जो आया है, उसे तो जाना ही है।"

पंडितजी हताश होकर उठे। वह बताना चाहते थे कि वह अभी यहीं हैं। आत्मा यहीं है। शरीर ही तो गया है, लेकिन कोई उन्हें सुन नहीं सकता। उन्होंने नजर उठाकर ऊपर से किसी विमान के आने के इंतजार में आसमान की तरफ देखा तो उन्हें सिर्फ छत दिखाई दी। तभी उन्होंने देखा, जो लड़का उनके साथ आया था, वह किसी बड़े व्यक्ति की उँगली थामे खड़ा था।

पंडितजी हताश होकर उठे। वह बताना चाहते थे कि वह अभी यहीं हैं। आत्मा यहीं है। शरीर ही तो गया है, लेकिन कोई उन्हें सुन नहीं सकता। उन्होंने नजर उठाकर ऊपर से किसी विमान के आने के इंतजार में आसमान की तरफ देखा तो उन्हें सिर्फ छत दिखाई दी। तभी उन्होंने देखा, जो लड़का उनके साथ आया था, वह किसी बड़े व्यक्ति की

उँगली थामे खड़ा था। पंडितजी के कानों में उस बच्चे के शब्द पड़ रहे थे, उसने बड़ी मासूमियत से अपने पिता से पूछा, "पापा, क्या पंडितजी स्वर्ग गए होंगे ?"

"इतने बड़े ज्ञानी के लिए स्वर्ग क्या और नर्क क्या ?" कहते हुए उसके पिता ने पंडितजी के मृत शरीर को देखते हुए अपने दोनों हाथ जोड़ लिए।

□

फाँसी के फंदे तक

पूरे घर में अफरा-तफरी का माहौल है। लक्ष्मी रो रही है। इस उम्र में यही देखना बाकी था क्या? बड़े बेटे को फोन करके बुला लिया गया है, शायद वह कुछ कर सके। उसकी पहचान तगड़ी है। वह कई जगह फोन घुमा चुका है, पर कोई परिणाम नहीं निकला। पूरे मोहल्ले में नाक कटना तय है। मोहल्ले क्या, पूरे शहर में कट जाएगी। क्या इज्जत हुआ करती थी परदादा शूरवीर सिंहजी की। वह राजा के दरबार में दीवान थे। आसपास के चारों मोहल्ले में मजाल है, जो कोई उनके आगे से निकल जाए। जब उनकी सवारी राजमहल के लिए निकल जाती, तब जाकर कोई अपने घर से निकलता था। और एक उनके पोते बहादुर सिंहजी, कितने नाज से रखा था पिताजी ने बहादुर सिंह नाम। उन्हें लगा था, वंश की परंपरा को आगे बढ़ाएँगे। उनकी इज्जत में चार चाँद लगा देंगे। देश-विदेश तक उनके परिवार की ख्याति फैल जाएगी और उनकी रगों में दौड़ता हुआ शूरवीर खानदान का खून उबलते हुए एक दिन दरिया बन जाएगा। लेकिन बहादुर सिंह पचास के हो चले, पर अभी तक कोई दरिया नजर नहीं आता। अब तो ऐसा लगता है कि दरिया न बना न सही, लेकिन जो खून का कतरा था, उसमें तो मिलावट नहीं होनी चाहिए।

बहादुर सिंह इंस्पेक्टर साहब के पैर पकड़ने को तैयार हैं, लेकिन

कोई उनकी बात माने तब न। खून के साथ चोरी जैसा अपराध उनके माथे मढ़ दिया गया है। हालाँकि वह यों ही चलते हुए उधर पहुँच गए थे। लावारिस चीज दिखी और उन्होंने उठा ली। यह चोरी तो नहीं हो सकती। और खून से उनका कोई वास्ता नहीं। वह किस-किसको बताएँगे? और कैसे खुद को बेगुनाह साबित करेंगे? कैसे कहेंगे कि चोरी की बात अलग है, चोरी करने के लिए आप एक मानसिकता तय करके, किसी चीज को लक्ष्य करते हुए उसकी तरफ बढ़ते हैं और उसे दूसरे लोगों की नजर से बचाकर अपने कब्जे में कर लेते हैं। चोरी में तो और बहुत सी चीजें शामिल हैं, जैसे कि अगर आपको किसी ने देखा, तो हाथापाई भी हो सकती है। बात मारपीट पर भी पहुँच सकती है। इतना ही नहीं, गोलियाँ चल जाती हैं, यहाँ तक कि हत्याएँ हो जाती हैं। लेकिन लावारिस चीज को उठाना चोरी नहीं कहलाएगा। पर उनकी बात कोई समझने को तैयार ही नहीं है। हथकड़ी लग चुकी है। लक्ष्मी का रो-रोकर बुरा हाल है। वह अपने मुँह पर हाथ रखे फफक-फफक कर रो रही है। मोहल्ले की औरतें उसे धीरज दिलाती हैं और कह रही हैं कि वह जल्दी ही वापस आ जाएँगे। छोटा बेटा दिनेश कुरसी पर बैठा जमीन को ताक रहा है। यहाँ सिर्फ परदादा की इज्जत ही मिट्टी में नहीं मिली है, दिनेश की भी मिल चुकी है। क्या कहेगा वह अपने दोस्तों से कि उसके पिताजी चोरी और खून के इलजाम में जेल

बहादुर सिंह इंस्पेक्टर साहब के पैर पकड़ने को तैयार हैं, लेकिन कोई उनकी बात माने तब न। खून के साथ चोरी जैसा अपराध उनके माथे मढ़ दिया गया है। हालाँकि वह यों ही चलते हुए उधर पहुँच गए थे। लावारिस चीज दिखी और उन्होंने उठा ली। यह चोरी तो नहीं हो सकती। और खून से उनका कोई वास्ता नहीं। वह किस-किसको बताएँगे?

होकर आए हैं। हो सकता है, आएँ ही नहीं! फाँसी भी हो सकती है।

तभी बहादुर सिंहजी को अपने दफ्तर की याद सताई। वह चपरासी राघव कितनी इज्जत करता है उनकी। जब उसे पता चलेगा तो क्या होगा ? और मिसेज अश्विनी, वह क्या कहेंगी ? क्या सोचेंगी उनके बारे में ? इतनी मुश्किल से बहादुर सिंहजी ने उनके सामने अपनी एक इमेज बनाई थी कि वह किसी को गुड मॉर्निंग नहीं करतीं, लेकिन रोज बहादुर सिंहजी को गुड मॉर्निंग करना उन्होंने अपनी आदत में शामिल कर लिया था। ऑफिस के नए-नए लड़के-लड़कियाँ उनसे काम सीखने के लिए तत्पर रहते हैं। ऑफिस में वह किसी हीरो से कम नहीं हैं। माना कि ऑफिस की सारी स्टेशनरी उनके घर में शोभा पाती हैं, फिर भी कौन इतना शरीफ है, जो ऑफिस का सामान उठा घर न लाता हो। यह तो सभी इज्जतदारों की आदत ठहरी।

तभी बहादुर सिंहजी को अपने दफ्तर की याद सताई। वह चपरासी राघव कितनी इज्जत करता है उनकी। जब उसे पता चलेगा तो क्या होगा ? और मिसेज अश्विनी, वह क्या कहेंगी ? क्या सोचेंगी उनके बारे में ? इतनी मुश्किल से बहादुर सिंहजी ने उनके सामने अपनी एक इमेज बनाई थी कि वह किसी को गुड मॉर्निंग नहीं करतीं, लेकिन रोज बहादुर सिंहजी को गुड मॉर्निंग करना उन्होंने अपनी आदत में शामिल कर लिया था।

इंस्पेक्टर साहब ने हथकड़ी लगाई और वह गेट की तरफ बढ़ने लगे। आसपास दो सिपाही चल रहे हैं और आगे इंस्पेक्टर साहब चल रहे हैं। मेन गेट पर लगा लोहे का दरवाजा खुला है। बाहर पत्रकारों और मोहल्लेवालों की भीड़ लगी है। मोहल्लेवाले भीड़ चीरकर अंदर आना

चाहते हैं। शर्म से लज्जित हुआ बहादुर सिंहजी का चेहरा देखकर वह हँसना चाहते हैं। पर पत्रकारों की इतनी भीड़ है कि वह निकलकर अंदर नहीं आ सकते। जैसे ही बहादुर सिंहजी पुलिस के साथ गेट से बाहर निकले, कैमरे की फ्लैश की लाइट में उनकी आँखें चकाचौंध हो गईं। जीप भीड़ को चीरकर दूर खड़ी हुई है। वह नीचे गरदन किए पुलिस के साथ आगे बढ़ रहे। वह देखते हैं कि उनके घर की दीवार पर काले रंग से लिखा है—"बहादुर सिंह खूनी है। बहादुर सिंह चोर है।" तभी भीड़ में से एक लड़का दौड़ता हुआ आया और उनके मुँह पर कालिख पोत दी। किसी ने अपना जूता बहादुर सिंहजी की तरफ उछाला और जूते पर चिपकी मिट्टी हूबहू उनकी टकली टाँट पर चिपक गई। तभी बहादुर सिंहजी ने अपनी खोपड़ी से मिट्टी झाड़ी, लेकिन वह हट ही नहीं रही है। वह बार-बार उसे साफ करते हैं, लेकिन लगता है, वह और गहरा गई है। मुँह की कालिख पोंछते हुए उनके सारे हाथ काले हो चुके हैं और वह चिल्ला रहे हैं—"बस करो, बस करो, बस करो!" तभी उन्हें एक जोर का झटका लगा, वह नीचे गिर गए। तभी एक आवाज से उनकी आँखें खुल गईं।

"बहादुर सिंह खूनी है। बहादुर सिंह चोर है।" तभी भीड़ में से एक लड़का दौड़ता हुआ आया और उनके मुँह पर कालिख पोत दी। किसी ने अपना जूता बहादुर सिंहजी की तरफ उछाला और जूते पर चिपकी मिट्टी हूबहू उनकी टकली टाँट पर चिपक गई। तभी बहादुर सिंहजी ने अपनी खोपड़ी से मिट्टी झाड़ी, लेकिन वह हट ही नहीं रही है।

लक्ष्मी उनके पास खड़ी होकर काले नाग की तरह फुफकार रही है—"रात में तो दुनिया सपने देखती है, पर एक आप हैं, जो दिन के दो

बजे भी सपना देख लेते हैं।" बहादुर सिंहजी की साँस-में-साँस आई। लक्ष्मी का क्या है, वह बात की गहराई को नहीं समझती। उन्होंने उसकी बात को कोई तवज्जो नहीं दी। यह सपना बेवजह नहीं था। लोग कहते हैं कि सपना अगर सुबह का हो तो जरूर सच होता है। लेकिन बहादुर सिंहजी को तो दोपहर का सपना भी सच होता हुआ दिख रहा है। वह सुबह से चार बार तो राशिफल पढ़ चुके हैं। आज अखबार पढ़ते हुए उन्होंने अपनी दिनचर्या के हिसाब से सबसे पहले अपना राशिफल ही पढ़ा था, लेकिन तब तक उन्हें कोई अंदेशा नहीं था कि उसमें लिखी हुई बात सच हो सकती है। लिखा था—"किसी छोटे-मोटे अपराध की आपको बड़ी कीमत चुकानी पड़ सकती है।"

बहादुर सिंहजी दौड़ते हुए स्टोर में पहुँचे और हफ्ते भर का राशिफल निकालने के लिए रविवार का अखबार ढूँढ़ने लगे। लक्ष्मी ने पीछे से आवाज दी, "कहाँ जा रहे हैं? जरा दही ला दो बाजार से।" लेकिन उन्होंने लक्ष्मी की बात पर कोई ध्यान नहीं दिया और अखबार की अलमारी खोल रविवार का अखबार लिये वहीं जमीन पर बैठ गए। अब लक्ष्मी कमरे से हटकर उनके सिर पर आकर खड़ी हो गई, "ऐसे कौन प्रधानमंत्री हैं आप, जो रह-रहकर आपको बातें याद आती हैं और पेपर खोलकर बैठ जाते हैं?" बहादुर सिंहजी ने अभी भी

बहादुर सिंहजी दौड़ते हुए स्टोर में पहुँचे और हफ्ते भर का राशिफल निकालने के लिए रविवार का अखबार ढूँढ़ने लगे। लक्ष्मी ने पीछे से आवाज दी, "कहाँ जा रहे हैं? जरा दही ला दो बाजार से।" लेकिन उन्होंने लक्ष्मी की बात पर कोई ध्यान नहीं दिया और अखबार की अलमारी खोल रविवार का अखबार लिये वहीं जमीन पर बैठ गए।

कोई ध्यान नहीं दिया। वह पूरी शिद्दत के साथ अखबार का कॉलम ढूँढ़ रहे हैं। ऊपर से लेकर नीचे तक, बीच में कहीं उन्हें पूरे हफ्ते का राशिफल दिखा और उन्होंने अपनी आँखें राशिफल पर गड़ा दीं। "फिर बैठ गए राशिफल देखने! तुम्हारी बड़ी मिलें चल रही हैं?" कहती हुई लक्ष्मी रसोई की तरफ बढ़ गई और दिनेश को आवाज लगाई, "बेटा, जरा दही ला दो। तुम्हारे पापा तो सुनेंगे नहीं। आज इनकी लॉटरी लगनेवाली है।"

राशिफल में लिखा था—"यह हफ्ता आपके लिए बहुत हानिकारक साबित हो सकता है। अगर यह हफ्ता आपका सही निकलता है तो जिंदगी के आनेवाले साल सही निकलेंगे। आपकी राशि पर कालसर्प बैठा हुआ है। काले रूमाल में काली उड़द की दाल बाँधकर काले कुत्ते की गले में बाँध दीजिए।" बहादुर सिंहजी ने एक मिनट के लिए अपनी सोच के घोड़े दौड़ाए, काला कुत्ता! और उन्हें याद आया। लेकिन याद के साथ ही उन्हें उनके मालिक की भी याद आ गई और उन्होंने उस कुत्ते का विचार छोड़ दिया।

राशिफल में लिखा था—"यह हफ्ता आपके लिए बहुत हानिकारक साबित हो सकता है। अगर यह हफ्ता आपका सही निकलता है तो जिंदगी के आनेवाले साल सही निकलेंगे। आपकी राशि पर कालसर्प बैठा हुआ है। काले रूमाल में काली उड़द की दाल बाँधकर काले कुत्ते की गले में बाँध दीजिए।" बहादुर सिंहजी ने एक मिनट के लिए अपनी सोच के घोड़े दौड़ाए, काला कुत्ता! और उन्हें याद आया।

दरअसल हुआ यों कि आज सुबह ही उन्हें चौकीदार ने बताया कि उनके बगल में जो संगीता भार्गव नई-नई बिल्डिंग में रहने आई

हैं, वह सीबीआई में इंस्पेक्टर हैं। उनके आते ही उनके ऊपरवाले फ्लोर पर हत्या हो गई। उस परिवार ने भी अभी दो दिन पहले ही शिफ्ट किया था। संगीता उसकी शोक-सभा में गई थीं और वहाँ उन्हें एक नया सुराग हाथ लगा। उन्होंने अंदेशा जताया है कि बाथरूम की खिड़की की तीन रॉड गायब हैं। हो सकता है, कातिल वहीं से अंदर आया हो और हत्या करके वहीं से कूदकर, बचकर बाहर निकल गया हो। फिंगरप्रिंट के निशान ले लिये गए हैं। जल्द ही कातिल गिरफ्त में होगा। बहादुर सिंह के दोपहर के सपने का एक और कारण यह है कि आज ही संगीता भार्गव का ड्राइवर बहादुर सिंह से कह गया है—"शाम को मैडम आपसे बात करना चाहती हैं। वह छह बजे ऑफिस से आएँगी और आने के बाद उन्होंने आपको अपने घर बुलाया है।"

अभी कुछ रोज पहले बहादुर सिंहजी टहलते हुए बगल वाले फ्लैट्स में पहुँच गए थे। वह पहली मंजिल पर गए। मकान खुला हुआ था। चारों तरफ कारीगर लगे थे। सजावट जोरों पर चल रही थी। नए घर ने उनका मन मोह लिया। बेडरूम, लॉबी, रसोई—सबकुछ देखा और फिर मन के अंदर बाथरूम देखने की इच्छा भी जाग गई।

अभी कुछ रोज पहले बहादुर सिंहजी टहलते हुए बगल वाले फ्लैट्स में पहुँच गए थे। वह पहली मंजिल पर गए। मकान खुला हुआ था। चारों तरफ कारीगर लगे थे। सजावट जोरों पर चल रही थी। नए घर ने उनका मन मोह लिया। बेडरूम, लॉबी, रसोई—सबकुछ देखा और फिर मन के अंदर बाथरूम देखने की इच्छा भी जाग गई। अतः बाथरूम में पहुँचे। सबकुछ नए डिजाइन का बहुत आकर्षक था। उनका मन खिड़की में लगी रॉड पर अटक गया। अजीब तरीके की घुमावदार

रॉड थी। अगर वह रॉड उनके गमले के बीचोबीच खड़ी होती तो बेल आराम से उसके आसपास घूमकर ऊपर उनके छज्जे तक पहुँच जाती। खिड़की में लगातार एक के बाद एक तीन रॉड लगी थीं। बाथरूम की खिड़की को बहुत गौर से देखते हुए बहादुर सिंहजी ने अंदाजा लगा लिया था कि रॉड बहुत आसानी से घुमाने के साथ ही निकल जाएँगी। शाम को जब लेबर की छुट्टी हुई। उन्होंने चौकीदार से कह कि उनका चश्मा वहाँ छूट गया है। वह पहली मंजिल पर पहुँच गए। चौकीदार जब से आया था, तभी से जानता था कि बहादुर सिंहजी पड़ोसी ठहरे, तो उसने कोई विशेष टिप्पणी नहीं की और उन्हें जाने दिया। बहादुर सिंहजी ने तीनों रॉड निकालीं और अपनी छत पर फेंक दीं, फिर हाथ झाड़कर खाली हाथ हिलाते हुए बाहर निकले।

लेकिन अब उनको यह डर सताए जा रहा है कि उनके फिंगरप्रिंट्स मिलने के बाद क्या पुलिस उनकी बात को समझेगी, या सीधा उन्हें लॉकअप में डाल देगी? क्या चोरी के साथ-साथ हत्या का इलजाम भी उनके ऊपर होगा? उन्हें फाँसी का फंदा अपने सामने लटकता हुआ दिखाई दे रहा है। कितने किस्से सुन रखे हैं, बिना कुसूर के लोग जेल में सालों काट देते हैं।

लेकिन अब उनको यह डर सताए जा रहा है कि उनके फिंगरप्रिंट्स मिलने के बाद क्या पुलिस उनकी बात को समझेगी, या सीधा उन्हें लॉकअप में डाल देगी? क्या चोरी के साथ-साथ हत्या का इलजाम भी उनके ऊपर होगा? उन्हें फाँसी का फंदा अपने सामने लटकता हुआ दिखाई दे रहा है। कितने किस्से सुन रखे हैं, बिना कुसूर के लोग जेल में सालों काट देते हैं।

बहादुर सिंहजी चाहते जरूर हैं कि वक्त यहाँ थम जाए। लेकिन वक्त पंख लगाकर उड़ रहा है और उड़ते हुए वह बहुत जल्दी ही छह बजे पर पहुँच गया। बहादुर सिंहजी अपने बिस्तर पर कंबल ओढ़कर लेट गए। दिनेश ने आवाज लगाई, "पापा, आपको संगीता आंटी का ड्राइवर बुलाने आया है।" बहादुर सिंहजी ने कंबल के अंदर से कहा, "तबीयत ठीक नहीं है। बुखार सा लग रहा है। उठा नहीं जाएगा।" यह बात लक्ष्मी के कानों में पड़ गई। वह तो आज सुबह से ही उनके पीछे पड़ी थी। बहादुरजी अपने कमरे से चिल्लाते रहते हैं, लेकिन मजाल है जो लक्ष्मी के कानों पर एक जूँ रेंग जाए, वह सुन ले और सुनकर उनकी बात का जवाब दे दे। लेकिन आज उसने यह बात दो नहीं, चार कानों से सुनी थी। वह तेज कदमों से कमरे की तरफ बढ़ती हुई आई और अपने दोनों हाथ कमर पर रखकर सुपनखा की तरह गरज पड़ी, "अभी तक तो ठीक थे, अब अचानक क्या हो गया? जाते क्यों नहीं हो?" लक्ष्मी ने कंबल उघाड़कर उनका शरीर देखा। शरीर बिल्कुल ठंडा पड़ा था, मानो कोई बर्फ की सिल्ली। "कंबल ओढ़कर लेटे हो। आपको तो बुखार नहीं है?" उसने हैरान होते हुए कहा।

बहादुर सिंहजी चाहते जरूर हैं कि वक्त यहाँ थम जाए। लेकिन वक्त पंख लगाकर उड़ रहा है और उड़ते हुए वह बहुत जल्दी ही छह बजे पर पहुँच गया। बहादुर सिंहजी अपने बिस्तर पर कंबल ओढ़कर लेट गए। दिनेश ने आवाज लगाई, "पापा, आपको संगीता आंटी का ड्राइवर बुलाने आया है।"

"अरे, अंदर से लग रहा है।" बहादुर सिंहजी ने अपनी बात को पुख्ता करने के लिए उसे ज्यादा जोर देकर कहा। "थोड़ी देर हो आओ।

ड्राइवर कह रहा है, दो मिनट का काम है।" लक्ष्मी ने जवाब दिया। बहादुर सिंहजी ने सोचा, 'इसके सामने मेरी नहीं चलेगी। लक्ष्मी अपनी सिंदूर मिटाने पर तुली हुई है। उन्हें पूरा यकीन है कि एक दिन वह जरूर पछताएगी कि उसने उन्हें क्यों भेजा था?' वह भारी कदमों से ड्राइवर के पीछे-पीछे चल दिए। अभी फ्लोर के बाहर खड़े ही हुए थे कि उनकी नजर फ्लोर के ऊपर टँगी हैंगिंग पर गई। कितनी खूबसूरत दिखती थी! एक बार उनके मन में आया कि उसे उतारकर अपनी कमीज के अंदर रख लें। लेकिन यह विचार आते ही वह काँप गए। न जाने पहली चोरी की भरपाई कैसे कर पाएँगे?

वह कमरे के अंदर पहुँचे। संगीता बिना वर्दी के भी वर्दी में लेस दिखाई देती थी। उसने अपनी आँखों का चश्मा थोड़ा ऊपर किया और अपने सामने रखी हुई फाइलों को पलटते हुए कहा, "बैठिए, बहादुर सिंहजी। क्या लेंगे?" बहादुरजी के मुँह से आवाज नहीं निकलती थी। क्या लेंगे की जगह उन्होंने बस हाथ जोड़ दिए और अपने मन में कहा, 'फिलहाल तो आप मुझे जाने दीजिए।'

वह कमरे के अंदर पहुँचे। संगीता बिना वर्दी के भी वर्दी में लेस दिखाई देती थी। उसने अपनी आँखों का चश्मा थोड़ा ऊपर किया और अपने सामने रखी हुई फाइलों को पलटते हुए कहा, "बैठिए, बहादुर सिंहजी। क्या लेंगे?" बहादुरजी के मुँह से आवाज नहीं निकलती थी। क्या लेंगे की जगह उन्होंने बस हाथ जोड़ दिए और अपने मन में कहा, 'फिलहाल तो आप मुझे जाने दीजिए।'

"आजकल माहौल कितना खराब हो गया है, बताइए? अभी दो दिन पहले ही आए थे और किसी को कैसे खबर लग गई?" संगीता ने अपना चश्मा उतारकर फाइलों के ऊपर रखते हुए कहा।

"जी, सही कहती हैं। माहौल बहुत खराब है। मैं तो कहता हूँ कि घर से निकलने का ही माहौल नहीं।"

"पर आप देखिएगा, बहुत जल्दी कातिल हमारी पकड़ में होगा। हालाँकि यह केस मेरे अंदर नहीं है। पर अब मैं पीड़ित परिवार की पड़ोसी हूँ, तो मेरा कर्तव्य बनता है कि पड़ोसी होने के साथ-साथ मैं अपना पुलिस का धर्म भी निभाऊँ।"

"जी बिल्कुल। आप जैसे पड़ोसी हों तो डर की कोई वजह ही नहीं होगी?" लेकिन डर की वजह से उनके चेहरे की हवाइयाँ उड़ी हुई थीं। कामवाली पानी लेकर आई तो उन्होंने पानी उठा तो लिया, लेकिन पिया नहीं और बिना पिए ही सामने मेज पर रख दिया।

"जी बिल्कुल। आप जैसे पड़ोसी हों तो डर की कोई वजह ही नहीं होगी?" लेकिन डर की वजह से उनके चेहरे की हवाइयाँ उड़ी हुई थीं। कामवाली पानी लेकर आई तो उन्होंने पानी उठा तो लिया, लेकिन पिया नहीं और बिना पिए ही सामने मेज पर रख दिया।

"आपको किसी पर शक है? आप तो बराबर में ही रहते हैं! कोई ऐसा व्यक्ति, जिसे आपने देखा हो, जो आपको अजनबी लगा हो, या फिर कोई ऐसी घटना, जो अजीब हो और जिसने आपका ध्यान खींचा हो?"

"नहीं-नहीं, संगीताजी, मैंने तो किसी को नहीं देखा। अगर ऐसी कोई घटना या फिर कोई आदमी मुझे याद आता है तो मैं आपको जरूर बताऊँगा।"

"जी, बिल्कुल बताइएगा।"

"यही काम था, या कुछ और?" बहादुर सिंहजी ने लपककर यह भी पूछ लिया।

"नहीं, फिलहाल तो यही काम था। आप चाय पिएँगे?"

"नहीं-नहीं, चाय-वाय तो मैं पीता नहीं हूँ, क्योंकि एसिडिटी बन जाती है।" सोफे से खड़े होते हुए अपने पेट पर हाथ फेरकर बहादुर सिंहजी ने कहा। संगीताजी के घर का मेन गेट उन्हें स्वर्ग का दरवाजा लग रहा था और वह चाहते थे कि जल्दी-से-जल्दी उस दरवाजे तक पहुँचकर स्वर्ग में कदम रख दें। 'नमस्कार' कहकर वह मुड़े ही थे कि संगीताजी ने उन्हें आवाज दी, "बहादुर सिंहजी···" उन्होंने संगीताजी की तरफ दोबारा मुँह किया और कहा, "जी, आपने कुछ कहा?"

"जी हाँ···" उन्होंने अपनी बात को दोहराया, "जल्द ही केस की तह तक पहुँचा जाएगा। कुछ सुबूत कहते हैं कि कातिल मेन गेट से अंदर आया। उसके पास घर की चाबियाँ थीं। आप बुजुर्ग हैं और मैं आपसे छोटी हूँ। इस बात का मैं लिहाज करती हूँ। लेकिन एक बात जो मैं आपसे कहना चाहूँगी कि चोरी आपको शोभा नहीं देती। मैंने आज सुबह ही आपके गमले में लगी हुई रॉड देखी है। आपकी हाथ की सफाई के बारे में यहाँ हर कोई जानता है। लेकिन बुरी आदतें छोटी हों या बड़ी, अच्छे परिणाम नहीं देतीं। कभी-कभी छोटे-छोटे अपराध भी हमें फाँसी के फंदे तक पहुँचा देते हैं।"

□□□